小木屋的故事

[美] 劳拉·英格斯·怀德 著
文轩 译

农庄男孩

中国书籍出版社
China Book Press

图书在版编目（CIP）数据

农庄男孩 /（美）怀德著；文轩译 . —北京：中国书籍出版社，2015.2
ISBN 978-7-5068-4623-3

Ⅰ . ①农… Ⅱ . ①怀… ②文… Ⅲ . ①儿童文学—长篇小说—美国—现代 Ⅳ . ① I712.84

中国版本图书馆 CIP 数据核字（2014）第 300627 号

农庄男孩

[美]劳拉·英格斯·怀德 著　文轩 译

图书策划	武　斌　崔付建
责任编辑	牛　超
责任印制	孙马飞　马　芝
出版发行	中国书籍出版社
地　　址	北京市丰台区三路居路 97 号（邮编：100073）
电　　话	（010）52257143（总编室）（010）52257140（发行部）
电子邮箱	chinabp@vip.sina.com
经　　销	全国新华书店
印　　刷	北京富达印务有限公司
开　　本	650 毫米 ×940 毫米　1/16
字　　数	145 千字
印　　张	17
版　　次	2015 年 2 月第 1 版　2015 年 2 月第 1 次印刷
书　　号	ISBN 978-7-5068-4623-3
定　　价	32.00 元

版权所有　翻印必究

出版前言

在美国白宫的网站上，列有美国儿童文学作家的白宫梦之队，成员仅有三位：一位是写《夏洛的网》的E.B.怀特，一位是写《戴高帽的猫》的苏斯博士，还有一位就是"小木屋的故事"系列小说的作者劳拉·英格斯·怀德。

劳拉·英格斯·怀德出生于1867年2月7日，是四个孩子中的老二。根据劳拉的描述，她的父亲是个聪明、乐观却有些鲁莽的人，而她的母亲节俭、温和且有教养。劳拉的姐姐玛丽14岁时因感染猩红热而失明，弟弟九个月大的时候就夭折了。姐弟的不幸和常年艰辛动荡的拓荒生活，让劳拉从一个无忧无虑的小女孩迅速成长为一个坚强、勇敢、自立的少女。1882年，她在15岁时就取得了教师资格证。为了能让姐姐玛丽读昂贵的盲人学校，她独自去离家十几公里的乡村小学做教师赚钱养家。

小木屋的故事
Little House Books

在那段时间里,她收获了爱情,大她十岁的农庄男孩阿曼乐对劳拉展开了追求。3年后,18岁的劳拉和阿曼乐结为夫妻,后来生下了女儿罗斯。罗斯长大后成为了一名相当出色的新闻作家,而正是在罗斯的鼓励下,老年劳拉开始了对过去拓荒生活的回忆,创作出了"小木屋的故事"系列小说。这套作品可以说就是劳拉大半生的自传,书中的主角劳拉就是真实劳拉的化身。

"小木屋的故事"讲述了19世纪后半期,女孩劳拉和她的家庭在美国西部边疆地区拓荒的故事,被誉为一部美国人自强不息的"拓荒百科"。1862年南北战争期间,美国国会颁布了《宅地法案》,规定了拓荒者可以申请获得公有土地,从而揭开了波澜壮阔的美国西部大开拓时代。南北战争结束后,美国各地掀起了到西部拓荒的热潮。在这样的历史背景下,住在美国中部威斯康星州的劳拉一家开始了进军西部、追求美好生活的拓荒历程。劳拉从2岁开始便跟随家庭四处迁徙,在13岁以前,她就已到过威斯康星州的大森林、堪萨斯州的大草原、明尼苏达州的梅溪边,以及南达科他州的大荒原。劳拉一家住过森林里的小木屋,睡过草原上的地洞,也在静谧的农庄和繁忙的小镇生活过。

"小木屋的故事"一共9本,其中序曲《大森林里的小木屋》出版于1932年——劳拉65岁之时,主要讲述了她童年时代生

农庄男孩
Farmer Boy

活在威斯康星州大森林里的故事。这本书一经出版便获得了出人意料的成功,受到了不同年龄读者的极大欢迎,这也让劳拉意识到自己"拥有一个奇妙的童年"。此后十年,她笔耕不辍,相继出版了《农庄男孩》(1933年),《草原上的小木屋》(1935年),《在梅溪边》(1937),《在银湖边》(1939),《漫长的冬季》(1940),《草原小镇》(1941),《快乐的金色年代》(1943)等7部作品,故事一直讲到劳拉恋爱并嫁给阿曼乐。1957年,劳拉在密苏里州的农场去世,享年90岁。她的遗作,反映其新婚生活的手稿——《新婚四年》于1971年由女儿罗斯整理出版,为"小木屋的故事"画上了完美的句号。

劳拉曾在文章中写道:"我见识了森林和草原的印第安乡村、边疆小镇、未开发的西部广袤土地,也亲历了人们申领土地拓荒定居的场景。我想我目睹了这一切,并在这一切中生活……我想让现在的孩子们对他们所看到的事物的历史源头及其背后的东西有更多更深的了解,正是这些使美国变成了今天他们所知道的样子。""小木屋的故事"在历史层面上,已然超越了儿童文学的范围,吸引了无数读者争相传阅。在劳拉87岁时,"小木屋的故事"系列小说开始被译成多种语言,在世界各地发行,每一本都受到了读者的极大欢迎。没有高学历、没有受过严格写作训练、没有华丽文笔的劳拉恐怕没有料到,"小木屋的故事"系列小说从此会成为世界儿童文学经典名著,成为美国文学史

小木屋的故事
Little House Books

上的一块里程碑。迄今为止，它已被改编成各种形式的故事，拍成系列电视剧和多部电影。而作者生活过并在小说中出现的地方——威斯康星州大森林中和堪萨斯州大草原上的小木屋、南达科他州银湖岸边的农庄和德斯密特镇的旧居，都成为了著名的景点，每年迎来成千上万的访客。

从拓荒女孩到驰名世界的儿童文学作家，劳拉一生的故事曲折生动。她以细腻的文笔和丰富的情感，把家庭的西部拓荒史、同父母姐妹间的亲情、与阿曼乐之间纯洁美好的爱情，以及个人的少女成长经历，描述得栩栩动人、妙趣横生。"小木屋的故事"系列小说如同一幅幅工笔细描的图画：拓荒者们与大自然搏斗，但又与大自然和谐相处；作品中的日月星辰、风雨冰雪、飞禽走兽、树木花草，无不变幻多姿、充满诗意，即使是破坏力巨大的自然灾变，也别具魅力；拓荒者之间的人际关系是那么单纯、和谐，家庭成员、亲族和朋友间的情感，包括劳拉与阿曼乐的爱情，都是那么真诚、美好，他们甚至对狗、猫、马、牛等家畜也充满了眷顾与柔情。全书涉及自然、探险、动物、亲情、爱情、成长等诸多受青少年喜爱的或惊险刺激、或温馨感人的元素，即便今天读来也倍感亲切，让人身临其境。

这是一套非常适合家庭阅读和亲子阅读的书籍。通过品读劳拉的成长故事和家庭的拓荒历程，我们可以认识自己与亲人、大自然的亲密关系，可以在生活节奏加快、人际关系疏离、远离大自然的现代社会中，找回温馨的亲情、宝贵的勇气、真实的爱情和朴素的感动。

放眼今天，生活在电子时代的我们很难说就一定比拓荒时的劳拉一家更加幸福。祖辈们用勤劳和勇敢开拓出美好的家园，传递给子孙后代。而当我们享受他们的馈赠时，却忘记了他们是如何久经生活的考验：耕种、打猎、缝衣、筑屋、凿井……劳拉曾说，她创作"小木屋的故事"，是为了"把自己的童年故事讲给现在的孩子听，让他们懂得勇敢、自强、自立、真诚、助人为乐……这些品质不管是在过去还是在现在，都可以帮助我们克服各种艰难困苦"。劳拉的愿望已经成为一代代读者所追求的目标，劳拉的故事已经成为人们成长路上难得的指引与鼓励，温暖了无数大人和孩子的心灵，激励着我们不畏艰辛、勇敢开拓、创造未来。

目 录
CONTENTS

- 001　开学第一天
- 011　家的温暖
- 023　漆黑的夜
- 029　意外的惊喜
- 037　生　日
- 048　割冰块
- 056　礼拜六的晚上
- 063　礼拜天
- 072　训　牛
- 083　一年之计在于春
- 091　春天到了
- 100　滑稽的旧货郎

105	流浪狗
114	剪羊毛
120	严寒来袭
127	独立日
138	消夏时光
147	小鬼当家
164	早季的收获
172	晚季的收获
180	赶集
195	这年秋天
202	鞋匠
212	小雪橇
216	打麦子
221	圣诞节到啦
232	拉木材
242	汤姆逊先生的皮夹子
254	农庄男孩

开学第一天

今天是小男孩阿曼乐第一天上学。阿曼乐生活在美国纽约州北部。这时正是白雪皑皑的冬天，漫山遍野的大雪，把田野和石围栏都藏了起来，橡树、枫树、山毛榉也穿上了洁白的、鼓囊囊的雪做的"冬装"。雪松和云杉新长的树枝，还太娇嫩，被大雪压弯了。

阿曼乐和哥哥以及两个姐姐一起，去学校报到。大哥罗亚尔今年13岁了，大姐伊莱扎·简12岁了，最小的姐姐爱丽丝也有10岁了，阿曼乐还不足9岁。他们沿着森

林里的一条小路，艰难地行走着。

阿曼乐手里提着大家的饭盒，一路小跑才能跟上哥哥姐姐们。他嘟囔着小嘴，抗议道："得让罗亚尔提饭盒，因为他比我大。"

罗亚尔穿着靴子，大步流星地走在前面，与阿曼乐相比，罗亚尔更加高大威武，也更有男子汉的气概。还没等罗亚尔说话，大姐伊莱扎·简就反驳了阿曼乐："阿曼乐，这样可不行，这次就该你提饭盒。"

伊莱扎·简喜欢命令别人，她总是指使年纪最小的阿曼乐和爱丽丝做事情。路面被过往的雪橇压得留下了深深浅浅的痕迹。兄妹四人都走得很快，阿曼乐紧紧跟着哥哥罗亚尔，爱丽丝也牢牢尾随在姐姐的身后。路的两旁堆满了雪。沿着路一直走，再翻过一段长长的斜坡、一座小桥，以及阴森森的冰冷树林，就离学校不到一公里远了。这天真是冷极了，阿曼乐的眼睛被寒风吹得刺痛，连鼻子也快要冻掉了。多亏了身上的羊毛大衣够厚，暖洋洋的。这件大衣的羊毛，来自爸养的羊身上，妈亲手做的。大衣里裹着一件轻巧的洋红色背心，质量非常好，里面还套了件牛奶白的羊毛内衣，将阿曼乐衬得无比漂亮可爱。

阿曼乐的衣裤，全是妈妈自做的。她用经灰胡桃外壳染色后的毛线织成布，再反复浸泡缩水，然后用这些布缝

农庄男孩
Farmer Boy

制成结实的衣裤，质量都好极了，帮阿曼乐躲过了寒风和冷雨的侵袭。

阿曼乐包裹得十分严实。红色的背心和棕色的羊毛大衣领子都很高，绕着下巴围了一圈。棕色的长裤上，设置了一排时尚的铜钮扣，闪亮闪亮地围了腰部一圈。他的头上还戴着妈妈用缝制衣服裤子剩的下脚料做成的帽子。帽子带有耳罩，将耳朵围了个严实。他的小手保暖措施也做得不错。红色连指手套套在手上，手套上系着一根细长的绳子，绳子挂在脖子上，就算玩热了，把手套脱掉也不用担心手套会丢。

他的袜子也是羊毛做的。羊毛袜里一层外一层，十分保暖。另外，为了预防融化的雪水流进鞋子里，妈妈还给阿曼乐准备了一双印第安人特有的鹿皮鞋。他的姐姐们也戴着厚厚的面罩，为她们柔嫩的肌肤挡了不少寒风。

冬天出门的时候，女孩们要戴上厚厚的面罩，阿曼乐是男孩，用不着面罩。他的脸颊冻得像个红苹果，鼻子冻得比樱桃还红。整整走了一公里半的山路，阿曼乐终于看到学校了，心里顿时轻松起来。

学校孤零零地伫立在哈兹克拉布山脚下，四周是阴冷的树林。校舍顶的烟囱，冒出袅袅青烟。一条弯曲的小路通到校门口，那是老师从厚厚的雪地里开辟出来的。小路

小木屋的故事
Little House Books

旁边的雪堆里，有五个大男孩正在打闹。

这几个男孩来自哈兹克拉布村，出了名地霸道，大家都很怕他们。罗亚尔假装不怕，其实心里也怕，阿曼乐就更害怕了。

他们以欺负小男孩为乐，花样可多了：有时候会抢过小男孩的雪橇，一把摔烂；有时候会抓住一个小孩的双腿，倒着提起来荡来荡去，然后猛地一丢，让小男孩一头栽进雪堆里；有时候还无缘无故强迫两个小男孩打架，小男孩要是不愿意，就得向他们求饶。

这些大男孩都十六七岁了，冬季这个学期过了快一半，他们才来，一来就和老师对着干，扰乱课堂秩序。他们还扬言：这里的老师，没一个人能顺利教完这个学期。事实证明，他们没有夸海口。

今年教阿曼乐的是个身材修长、脸色惨白的年轻老师，大家都叫他科斯先生。他教起书来分外地有耐性，即使学生拼不出单词也不会鞭打他们。一想到那些男孩可能会欺负科斯先生，阿曼乐就觉得心里堵得慌，非常难受。可谁叫科斯先生那么瘦弱，而大男孩们又那么魁梧强壮呢？

虽然还没上课，但教室里却十分安静。科斯老师正坐在讲桌后面，用一只手撑着自己清瘦的脸颊，认真地看

农庄男孩
Farmer Boy

书。早来的学生们站在教室中央的壁炉旁，叽叽喳喳地小声讨论着什么。那几个大男孩还在窗外打闹，声音非常大，在教室里都听得一清二楚。

每当有学生走进教室，科斯老师总会抬起头，礼貌而愉快地问一声"早上好"。阿曼乐的哥哥和姐姐们都礼貌地回应了。可阿曼乐却什么也没说，只是呆呆地看着科斯先生，一副充满心事的模样。

科斯先生冲着他笑了笑："今天我要和你们一块回家呢！""嗯？"阿曼乐一下子懵了。"这次该轮到住你们家了！"科斯先生继续笑着说。

这是哈兹克拉布地区不成文的规定。老师们要挨家挨户地在学生的家里住满两个礼拜，这期间，食宿由孩子的家长提供。等老师在所有的学生家里都住上一遍，一个学期也就结束了。

上课的时间到了。科斯先生用尺子敲打着桌子，提醒大家回到座位上。从门外看去，教室的座位分布非常有趣，以中间的大壁炉和装木头的箱子为分割线。女孩子们坐在这些分割线的左边，男孩们的地盘在教室右边。而依次又按个子的高、中、矮从后往前排座位。但有一点十分不合理：教室里所有的座位好像一个模子里刻出来的，大小一模一样。于是，大男孩们的膝盖没办法塞进课桌下，

而小男孩的脚够不着地。

阿曼乐和麦尔斯·里维斯是班里的启蒙生。学校只给他们分了张最前排的椅子。两个小男生只好用手端着书,听老师讲课了。

科斯先生用手轻敲窗户,提醒了窗外的大男孩们,他们才稀稀拉拉、有说有笑地往教室门口走来。不过,他们一来就没好事,门被用力地推开了,发出了"砰"的巨响。他们的头头名字叫比尔·里奇,个头几乎和阿曼乐的爸一样高,拳头也有爸那么大。他暴躁而用力地跺掉沾在靴子上的雪,嘟囔地走向后排的座位。其他四个男孩也不是省油的灯,嚷嚷着把教室弄得乱糟糟的。

不过,科斯先生什么话也没说。

阿曼乐和麦尔斯端端正正地捧着书本,尽量小心地不晃动腿,生怕违反了学校的规定。学校规定学生们上课的时间不能私下讲话,不能东张西望,必须坐端正,认真看书。可是阿曼乐经常会不小心地踢一下腿,他不是故意的。他的个子太小了,座位又特别大。腿悬着的时间长了,就特别酸痛。踢腿后他总是装着一副什么事情也没有发生的样子,但是总会引来科斯先生的注意。

几个大男孩仍然在后排我行我素地打闹着,还把书重重地摔在了桌子上,"砰"地发出响声。科斯先生终于动

农庄男孩
Farmer Boy

怒了,他厉声呵斥道:"安静点!"

可大男孩们安静了没一会儿,又吵起来。其实他们只不过想借机让科斯先生处罚他们,这样,他们就有理由光明正大地狠狠揍科斯先生一顿了。

最后,轮到启蒙班上课了。阿曼乐和麦尔斯从座位上爬下来,捧着书本来到科斯老师的讲桌旁,把书递给他,开始听写单词。

罗亚尔以前上启蒙班时,经常因为不会背单词,被老师用戒尺打。晚上回到家里,罗亚尔的手常常都红肿得厉害,连手指也硬梆梆的了。可是爸一点也不心疼他,甚至大声地训斥他:"罗亚尔,如果下回再让我看到你肿着手回来,别怪我也要拿戒尺打你了!看你还敢不认真背单词?"

而科斯先生从来不用戒尺打人,他会让写不出单词的学生在课后留下来,继续学习。

男孩女孩们课间活动的时间都是15分钟,不过是错开的。一下课,女孩们就穿上漂亮的披风,戴上遮风的斗篷,安安静静地走到教室外面玩耍。当科斯先生轻敲窗户时,女孩们会轻轻走回教室,再次把披风和斗篷挂到教室入口处的衣架上,捧起书认真学习。这时,轮到男孩们活动了。

007

他们熙熙攘攘地冲出教室。相互砸雪球，在雪地里打滚、奔跑、打雪仗、摔跤，玩得特别开心。带了雪橇的孩子会爬上哈兹克拉布山，整个人趴到雪橇上，肚子紧贴着雪橇，左右摆动着身体，"嗖"地一声从山顶滑下山来。孩子们大声叫嚷着，玩得高兴极了。

阿曼乐此时只能眼巴巴地看着大家在外面高兴地玩耍，因为他拼不出单词，被科斯先生留在教室里和女生们一起学习了。他觉得脸上特别没光。

吃午饭的时间到了。伊莱扎打开装满美食的午餐盒，里边装着金黄的黄油面包、美味的香肠、甜甜的甜甜圈和补充维生素的苹果。除此之外，还有四个苹果馅的酥饼，香浓的苹果酱和香喷喷的棕色酱汁包裹在酥脆的外皮里，十分诱人。

阿曼乐很快就把自己的这份吃光了。他意犹未尽，还把手指伸到嘴巴里，细细地将手指上的苹果酱汁和棕色酱汁舔干净。然后，他跑到教室的角落边，用水桶里的长勺舀了一些清水解了解渴，然后就急切地抓起自己的大衣，戴好帽子和手套跑出去玩儿了。

太阳正停在天空正中，太阳光将地上的雪照得像金子一样，金灿灿地闪闪发光。伐木工人坐在堆满木材的长雪橇上，挥着鞭子，驾驶马儿从哈兹克拉布山上跑下来。马

农庄男孩
Farmer Boy

儿的脖子上套着一串铃铛，它跑过的地方都留下了"叮叮当当"的美妙声音。

带了雪橇的男孩们顽皮地把自己的小雪橇绑在长雪橇上。没有雪橇的孩子也不甘示弱，他们爬到大雪橇上，坐在木材堆里。

他们一路高声欢呼着，从学校旁经过，滑下了斜坡。雪球越滚越大。木材上的男孩们互相摔跤、推搡，硬要把他人推到雪堆里才肯罢休。麦尔斯带了雪橇，阿曼乐就和他一起坐在小雪橇里，一路尖叫着从山上滑下来。

滑下来的过程用时非常短，可爬上山却没那么容易。一开始两个小男孩还慢慢往山顶走去，后来小跑起来，再后来索性又改成了大跑，累得喘不过气来。他们害怕迟到，只要迟到，就肯定会讨来科斯先生的鞭打。

不过所有的男孩们都迟到了。他们不敢进教室，也不敢逃课，只好趁着科斯先生不注意偷溜进去。教室里，女孩子们一个个端端正正地坐在座位上，认真地看着书。可男孩子们的位置都空着。科斯先生正站在讲桌后面。

阿曼乐在这片安静里，偷偷地溜回了自己的座位。他紧张得心里"咚咚"地跳个不停。奇怪的是，科斯先生居然什么也没有说。

比尔·里奇和那几个大男孩依然我行我素地冲进教

室，大声嚷嚷着回到座位上。等他们终于安静下来，却听到科斯先生严肃的声音："如果你们下次再这样，我可要追究了！"

不过大家都明白，大男孩们下次还是会迟到的。他们巴不得科斯先生惩罚他们一顿，这样才好找借口修理科斯先生呢！

家的温暖

　　天气依然寒冷，树枝在寒风中摇曳着，发出"咯吱、咯吱"的声响。一道灰色的光线照亮了一小簇雪地，随后树林里出现了几个黑黑的身影。这些黑影正是阿曼乐兄妹和科斯老师。当阿曼乐爬完最后一个通向农场的斜坡时，已经黄昏了。

　　科斯老师走在最前面，其后依次跟着罗亚尔与阿曼乐。爱丽丝则紧随着伊莱扎·简，快步走在另一边被雪橇压过的路上。因为太冷了，一路上大家都默不作声地赶

小木屋的故事
Little House Books

路，一句话都不说。

阿曼乐的家就在前方了！他的家是一栋高高的红色房子，房子的屋顶被厚厚的雪盖住了，屋檐上吊着结成冰的冰柱。屋子前面很暗，只有一条被雪橇压过的小路，这条小路是通向几个大牲口棚的。房子的另一边也有一条小路，它通向屋子侧门。这条小路显然经过精心打理了，一点儿雪的痕迹也没有。屋子昏黄的烛光映在厨房的窗户上。

阿曼乐把午餐盒递给爱丽丝，就跟着罗亚尔往牲口棚跑去了。

阿曼乐家的牲口棚要属村里最好的了，一共有三个，分别座落在方形谷场的三个角落里，每个都又大又长。

阿曼乐先去了马匹牲口棚，那儿正对着阿曼乐家的屋子，光长度就有一百英尺。牲口棚里有很多个马厩，分别用树枝隔开。毗邻马厩的是牛棚，而牛棚的旁边是鸡舍。马厩另一旁还有个停放马车的大房子，房子里容得下两辆马车和一辆长雪橇。剩下的空间是条长廊，可以让人走过去解开马脖子上的绳子，也省得从外面穿过去，被冻到了！

大牲口棚位于谷场的最左侧，即马厩的最西边，中间有一片连着外面草场的空地。空地十分宽敞，走过几道大门就能穿到外面了。牲口棚里边有一个用来储藏干草的

农庄男孩
Farmer Boy

储藏室。运输干草的篷车可以直接将干草从空地上的大门运输到牲口棚中。储藏室里摞满了干草,有五十英尺长,二十英尺宽,高度也很高,层层叠叠地蔓延到屋顶。

紧挨着大牲口棚的是十四个牛棚,接下来依次是机器房、工具房,接着就到了南牲口棚的角落。

角落里有间饲料房,它一头靠着猪圈,一头挨着牛棚,还空出了一大片空地用来当打谷场。南牲口棚的打谷场是这里最大的,比大牲口棚里的打谷场还大,甚至都放进了一台大大的鼓风机。

一间专门为小牛设计的牛棚在南牲口棚的旁边,牛棚的另一边还有一个羊栏。南牲口棚的整体状况大致就是这样子了。

谷场的东边用一道十二英尺高的木棚栏围了起来,与三个牲口棚一起,将整个谷场护得紧实。

尽管天气状况非常恶劣,风吹雪打,可牲口棚里仍然十分暖和。不管暴风骤雪多猛烈,谷场里的积雪厚度从来都不会超过两英尺。

阿曼乐一般都是穿过马厩小门去大谷场的。因为他特别喜欢马。马儿们的马鬃总是又黑又亮的,十分干净整洁。阿曼乐路过马厩的时候,马儿们正站在宽敞的马厩隔间里,安静乖巧地咀嚼着它们的晚餐——干草。有些三岁

小木屋的故事
Little House Books

大的马儿正调皮地互动着，它们把鼻子凑到围栏外，脸紧紧贴着对方的脖子，轻柔地蹭着，好像在互相安抚一般，又好像在窃窃私语。有些马儿调皮一些，会在对方不注意的情况下假装去咬一口对方，被吓到的那匹马立即嘶叫起来。接着就上演了一幕你追我跑、踢来踢去的热闹场景。这样的场景引起了老马的注意，它转过头来，目光慈祥地望着它可爱的孩子们。小马们仍然兴奋地到处乱蹿，它们的眼睛睁得大大圆圆的，蹬着又细又长的小腿，东瞧瞧西望望。

看到阿曼乐来，小马们就迫不及待地跑到他身边，伸出头，用鼻子轻轻地在他身上磨蹭。它们前额上的毛又短又软，像丝一样顺滑。它们的鼻子上似乎又长出了一些毛，柔软得像绒毛。其他的老马比起小马显得更沉稳一些，它们竖起耳朵，表达着对阿曼乐的欢迎。它们望着阿曼乐的目光，温柔得像水一样。

小马们的鬃毛已经长得很长了。黑色的鬃毛垂挂下来，像厚厚的流苏。它们神气地把脖颈从马厩里拱出来。如果把手伸到它们柔软的鬃毛下，摸起来，肯定又暖又舒服。

可是阿曼乐没有这么做。爸不让他抚摸这些三岁大的小马。他不让阿曼乐走进马厩，不允许他清扫马厩，也不

农庄男孩
Farmer Boy

准他牵这些小马。并不是爸爸不相信他，而是这些小马还没有被驯服。

小男孩很容易因为无知吓坏小马，继而惹恼小马，甚至鞭打小马，导致小马学会咬人、踢人、憎恨人。这样一来，小马再也不能被驯成良马了，好好的一匹小马就算被毁了。

阿曼乐的性格比较安静，有耐心。就算被小马踢到了，他也不会惊吓小马，鞭打小马。他是个懂事的孩子。可爸爸还是不允许他走到马厩里。

于是，阿曼乐只能远远地看着这些三岁大的热情的小马。他只能轻轻地用手摸摸小马毛茸茸的鼻子，然后急匆匆地离开。他在羊毛大衣外套了件谷场的工作服。

爸已经喂牲畜喝完了水，正准备给它们喂草。阿曼乐和哥哥用干草叉将牛棚和羊圈里的烂草扫出来，再用新鲜的草在槽里铺了张干净柔软的床，给母牛、公牛、小牛和绵羊们休息。

小猪自己会把床铺得干干净净的，所以他们不用给小猪铺床。

阿曼乐的两头小牛关在南牲口棚的一间牛棚里。看见阿曼乐走来，它们迫不及待地凑向牛棚。两头小牛浑身都是泛红色，其中一只的前额上长着小小的白色斑点，阿曼

乐叫它"星星",另一只叫"亮亮"。

　　星星和亮亮都还没满周岁呢。小牛角才刚刚从耳朵下的柔毛里蹿出来,刚刚长硬。阿曼乐轻轻抓了抓小牛的牛角,小牛们看起来很享受。它们把笔挺的鼻子抵在牛栏上,伸长粗糙的舌头舔鼻子,弄得鼻子湿湿的。

　　阿曼乐从小牛的食盒里掏出两根胡萝卜,"啪啪"地折成好几段,一点点地喂给星星和亮亮吃。接着他又带着干草叉,爬上头顶那么高的干草堆。干草堆里很暗,只有微弱的亮光从刺了孔的锡皮灯笼里透过来。锡皮灯笼挂在下面的通道上。爸从来都不允许阿曼乐和哥哥带着灯笼爬上干草堆,避免着火。于是,他们只好适应在黑黑的环境里工作了。

　　他们快速地将干草送入下面的食槽里。阿曼乐已经听到牲畜们咀嚼干草时发出的"嘎扎、嘎扎"的声音了。牲畜的身体暖了干草堆。干草闻起来十分香甜,又带着泥土的香味。马和牛身上都发出一股子味道。羊身上则有一股羊骚味。他们还没将食槽填满,就知道爸来了,因为他提着的奶桶里的牛奶散发出非常浓的奶香了。

　　阿曼乐将自己挤牛奶用的小板凳搬过来,坐在奶牛花花的牛棚里,替它挤奶。他的手很嫩,力气又小,没办法为那些乳房坚实的奶牛们挤奶。但是他可以为秉性善良的

农庄男孩
Farmer Boy

老母牛挤奶,比如奶牛花花和波西。它们的奶很容易挤出来,而且不会用尾巴刷阿曼乐,不会用后腿踢奶桶。

阿曼乐把桶放在奶牛的两腿之间,"左、嘿吼;右、嘿吼",一下一下有节奏地挤着奶。没多久白花花的牛奶就顺着桶沿流进桶里了。奶牛们也悠闲地舔着谷物,吃着胡萝卜呢!

牲口棚里的猫蜷缩在角落里,大声"喵喵"叫着。它们是捉鼠好手,吃得胖嘟嘟的,耳朵大,尾巴长。无论是白天还是黑夜,它们都勤快地在牲口棚里巡逻,预防老鼠偷吃饲料。挤奶时,它们会凑过来,喝上一点点温热的牛奶。

挤完奶,阿曼乐贴心地留了些牛奶在盘子里,给小猫们喝。爸也拿着板凳和桶,来到花花的棚子了,他担心阿曼乐挤不出花花乳房最后的一点奶,可阿曼乐已经挤得很干净了。爸又走到波西的棚子看了后,对阿曼乐大加赞赏:"儿子,你真是个挤奶能手啊。"

阿曼乐很高兴。他背过身,踢了踢脚底下的稻草。现在,他已经可以独立地完成挤奶工作,再也不用爸帮忙了。过不了多久,他相信自己就能为有着最坚实乳房的奶牛挤奶了。

爸的眼睛蓝蓝的,像会说话,此刻充满了愉悦。他身材强壮,胡须和头发都是棕色的,十分柔软。他今天穿着

件棕色羊毛长袍，长袍一直垂到高筒靴上，遮住了棕色长裤，前摆像皮带一样，紧紧地交叉着缠在腰间。

爸是村子里的大人物。他有座大农场，还骑着村子里最好的良驹。他非常有威望，讲出来的话就像票据一样可靠。每年他都会在银行里存一大笔钱。当爸驾马车去马隆城时，城里的人都会恭恭敬敬地、有礼貌地对待他。

阿曼乐提着自己的小奶桶和灯笼跟了上来，点点亮光从锡皮灯笼里射出来，把周边印上斑斑的亮光和圈圈的阴影。阿曼乐低声对爸说："爸，大男孩比尔·里奇今天来学校上课了。"

说完，阿曼乐察觉到爸瞬间严肃起来。可他捋了捋胡须，又摇了摇头，一句话也没说，只继续拿着灯笼将谷场仔细地巡查了一圈，确保一切都安然无恙后，就和阿曼乐一起回房子里了。

天气依然寒冷。漆黑的夜静悄悄的。满天的星星一闪一闪，像一个个小光点。阿曼乐兴奋地跑到大厨房温暖的灶火和烛光前，他实在太饿了。

装了雨水的桶正放在炉子上热着。厨房门边有一个盛了水的洗手盆。爸、阿曼乐和哥哥就着盆子依次洗了手。阿曼乐洗完手后，又用毛巾在脸上擦了擦，对着镜子，用梳子将湿湿的头发分开，梳理整齐。

农庄男孩
Farmer Boy

伊莱扎·简和爱丽丝正穿着蓬裙，在一旁愉快地忙着做晚饭呢！正煎着的火腿飘散出咸咸的味道，十分诱人，光闻着就让阿曼乐的肚子不听话地"咕咕"叫了起来。

他又到食物储藏室的门前站了一小会儿。妈正背对着他，在储藏室里过滤牛奶。储物室的两边是堆满食物的储物架。食物分别有：大片大片的黄色乳酪、棕色的大块枫糖、刚烤出来的脆皮面包，以及四个大蛋糕。其中一个架子是专门放派的，那块派已经被切开了，有一小片脆皮从上面脱落下来，十分诱人。看着它不心动那才是傻瓜呢！阿曼乐想。

可他还没碰到派，伊莱扎·简就已经大声叫起来："不许碰它，阿曼乐！妈！"

妈仍然背对着阿曼乐，只是说道："阿曼乐，你要是动了它，就没胃口吃晚饭了！"

咬一小口就会没胃口吃晚餐？这骗谁呢？阿曼乐生气地想。他饿极了，家里人却什么也不让他吃，得等到食物全都摆上桌才能吃。实在太不公平了！不过阿曼乐什么也没说，只是乖乖地听了妈妈的话。

他调皮地朝伊莱扎·简吐舌头，伊莱扎·简因为手上端着东西反击不了。于是，阿曼乐就三步并作两步地跑到饭厅里去了。

小木屋的故事
Little House Books

饭厅里的灯亮得刺眼。爸正靠在壁炉旁和科斯先生讨论政治问题。阿曼乐不敢碰饭桌上的饭菜,因为爸的脸正朝着饭桌。

饭桌上有几片十分诱人的乳酪,让人流口水的猪肉糕,还有果酱、果冻和蜜饯,它们用玻璃盘盛着,桌上还有一大壶牛奶,一盘热气腾腾的、浇裹着棕色脆皮猪油渣的烤豌豆。

不过阿曼乐只能眼巴巴地盯着近在咫尺的美食,大口大口地咽口水。他的肚子饿得难受,似乎有东西扭动,于是他只好不甘心地走开了。眼不见为净啊!

饭厅布置得很漂亮。壁纸是巧克力棕色,有着一条条绿色的花纹,以及一排排红色小花图案。妈亲手编了一条和壁纸非常搭的碎布地毯。地毯是用染成绿色以及巧克力棕的碎布编成的,其中还混着一小条由红白碎布交织成的布条。饭厅的屋角有一个高脚橱柜,上面摆满了各种奇珍异品,有海贝壳、石化木头、奇石,以及书籍。而饭桌中央正上方悬着一座空中城堡,这是爱丽丝用金黄色的麦秆编成的。城堡四角点缀着鲜艳的布头。风一吹,空中城堡就会左右摇摆,在饭桌灯光的照射下,金灿灿的。

阿曼乐觉得妈妈是家里最可爱的人。因为她现在正端着一盘刚出炉的油煎火腿呢,特别诱人。

农庄男孩
Farmer Boy

妈的身材虽然矮小，但却丰满动人。她的眼睛蓝蓝的，头发呈棕色，和小鸟的翅膀一样光滑。她身上穿着一条羊毛做的酒红色大裙子，腰间围着白色的围裙，一排小小的红色纽扣从平整的白色亚麻领口延伸到围裙上。

她的大袖口像红色大铃铛一样沿着蓝色的盘子垂下来。走到门口的时候，妈总要停顿一下，将裙子的下摆往上提一提，门比她的蓬裙还窄呢！

阿曼乐被火腿的香味引诱得再也忍不住了。

摆好装着火腿的大盘子后，妈检查了一下饭菜是不是都上齐了，餐具是不是都摆好了，随后，她就脱下了围裙，将它挂在厨房里。静候爸和科斯先生谈完事，她才轻声说："詹姆斯，吃晚饭吧。"

过了好一会儿，大家才在餐桌前聚齐，爸坐在餐桌的上首，妈则坐在下首。开始就餐前，爸低头祈祷，感谢上帝赐予大家这顿丰盛的晚餐，其他人也跟着爸虔诚地低下头。祈祷完安静了一小会儿，爸打开餐巾，将餐巾往衣服领圈里塞了进去。

他开始为大家布菜。首先是科斯先生，接下来依次是妈、罗亚尔、伊莱扎·简和爱丽丝，最后才轮到阿曼乐。

阿曼乐说了声："谢谢"，这是他在饭桌上唯一被允许说的话。这是家里的规定，孩子们吃饭时不能随便讲话。爸、妈和科斯先生可以说话，但并不代表罗亚尔、伊莱

扎·简、爱丽丝和阿曼乐也能说。

阿曼乐吃了许多东西,香甜的烤豌豆、融化在嘴里像奶油一样美味的猪油渣、蘸了棕色火腿酱的煮土豆……吃完这些,他又大口大口地吃起了土司盒脆皮。土司十分蓬松,表面涂满了香滑的黄油,脆脆的皮金灿灿的。接着,他又吃光了一大盘白萝卜泥和像小山一样高的蒸南瓜!吃完了这些,他叹了口气,又使劲将餐巾往红色背心的领圈里塞了塞,开始吃梅子蜜饯、草莓酱、葡萄冻以及腌南瓜块。吃到胃里舒服了,他才又慢慢拿起一块南瓜派吃。

这时候,他听到爸对科斯先生说道:"罗亚尔告诉我,今天那几个哈兹克拉布山的男孩来学校上课了。"

科斯先生回答道:"是的。"

"据说他们扬言要将你赶出学校?"

"是的。他们是这么计划的。"科斯先生答道。

爸吹了吹茶杯里的热气,喝了一小口热茶,才一饮而尽,然后继续往茶杯里续了一些茶叶。

"已经有两个老师被他们赶走了。"爸说,"去年去世的约拿·莱恩被他们打得特别惨。"

"我知道,"科斯先生继续回答,"约拿·莱恩和我是朋友,我们以前一起上过学。"

爸没有再接下去说了。

漆黑的夜

吃完晚饭，阿曼乐就开始忙着为自己的鹿皮鞋做保养。这是他每天晚上的必做功课，他坐在灶火旁，替鹿皮鞋涂上一层动物油脂。然后将鞋举到灶火上面，等油脂都融化了，就用手涂抹均匀。如果油上得好，穿着鹿皮鞋走路将会十分舒适柔软，也不会湿脚。他不停将油往鞋面上涂抹，直到皮鞋吸不进油脂才停下来。

这时，罗亚尔也在炉火边为他的靴子上油。阿曼乐还小，他只能穿鹿皮鞋。

妈和姐姐们正在洗碗、打扫食物储藏室。爸正在楼下的大地窖里准备牛明天的食物：将土豆和胡萝卜切成块。

切好之后，爸带着一大壶香甜的苹果汁以及一盘子苹果，从地窖的楼梯爬了上来。罗亚尔搬出一些玉米粒儿和一台爆米花机。妈抓了柴灰熄灭了厨房里的灶火。等到其他人都离开了厨房，她才吹灭蜡烛。

饭厅里，一个大壁炉嵌在墙中。大家都舒舒服服地坐在壁炉旁。壁炉后面是一个专门为客人准备的客厅，平时都没人进去。壁炉很实用，把整个饭厅和客厅都烤得非常暖和。壁炉的上面像极了烤箱。

罗亚尔把壁炉的铁门打开，用拨火棒将烧焦的木材敲成了一块块烧红的木炭。然后把铁线编成的爆米花机放在木炭上，再往爆米花机里倒入三把玉米粒，使足力气摇晃爆米花机。不一会儿，就听到玉米粒发出"砰"的爆炸响声，接着，两颗、三颗……上百颗玉米粒接二连三噼里啪啦地爆开了。

松软的白花花的爆米花堆满了一大盘子。爱丽丝将融化的黄油浇在了爆米花上面，再往里边撒了些盐巴，用力地搅拌着。爆米花又热又脆，吃起来"嘎嘣嘎嘣"地响，掺着咸咸的黄油味儿特别美味。

妈正靠在高背的摇椅上织毛衣。爸用一块碎玻璃片小心

农庄男孩
Farmer Boy

翼翼地削一把新斧柄。罗亚尔在一根光滑的松木棒上雕刻木链子。爱丽丝也在做毛线活儿，她坐在垫子里。其他人都一边干活，一边喝着甜甜的苹果汁，吃着爆米花和苹果。不过伊莱扎·简除外，她正在读《纽约周报》上的新闻呢！

阿曼乐拿着一个苹果，坐在壁炉旁的小板凳上。他的身边是一碗爆米花，脚边的壁炉上则放着一缸苹果汁。他一边想着关于爆米花的故事，一边咬着多汁的苹果，吃了些爆米花，又喝了一口苹果汁。

爆米花是美洲特有的美食。清教徒来美洲前，印第安人是唯一能吃到爆米花的人。一个感恩节，清教徒们邀请了印第安人。印第安人倒出了一些清教徒们不知道的东西，它们就是爆米花。那时候印第安人的爆米花并没有现在这么好吃。爆米花在皮袋子里放得太久，变冷变硬了。而且印第安人并没有在爆米花上放黄油，也没有加盐。

每吃一颗爆米花，阿曼乐都会细心地观察爆米花的模样。每个爆米花都长得不一样。在吃过的上千把爆米花中，阿曼乐从没发现过一模一样的两颗。他边吃边想：要是能有些牛奶就更好了。他可以把爆米花泡在牛奶里吃。

爆米花是唯一一种放在牛奶里，却不会让牛奶溢出来的食物。如果将爆米花换成面包，牛奶就会溢出来。

牛奶混着爆米花吃，非常好吃。不过，阿曼乐并没这

么做。他知道，妈是不允许他搅坏奶桶的，奶桶这时已经结了一层奶油了，如果牛奶被搅动，奶油就不再浓了。更何况，他现在也饱了。于是，阿曼乐继续吃了一个苹果，又吃了一些爆米花，喝了些果汁。

九点的钟声响了，睡觉的时间到了。罗亚尔把他的小木链放好，爱丽丝停下了手中的毛线活。妈将针插进毛线圈里。爸为大钟上好发条，之后又在壁炉里加了些柴火，并将通气阀门关上。

科斯先生感叹道："今晚真冷啊！"

"现在已经零下四十多摄氏度了，"爸说，"夜里温度还会继续往下降呢！"

罗亚尔点燃了蜡烛。阿曼乐睡眼朦胧地跟着他上了楼梯。楼梯里的空气非常凉，冻得阿曼乐一个激灵清醒过来。他快速地跑上楼。卧室里实在太冷了，他不想麻烦地脱下衣服，再换上羊毛长睡衣睡帽。其实他现在应该跪下来，作睡前祈祷的。但他实在冷极了，就没这么做。他的鼻子冻得都开始疼了，牙齿"咔咔"地打着颤。他"嗖"地一声飞快地钻进鹅毛被窝里，盖上被子，只将两只小眼睛露出来。

等到他开始有知觉，楼下的闹钟提醒他已经十二点了。冷气在黑暗中向他的鼻子和前额袭来，他觉得整个房间都充斥了小冰块。他知道爸去牲口棚的时间到了，因为他听

农庄男孩
Farmer Boy

到楼下有人在走动,厨房的门响了一声之后又被关上了。

虽然他们家的牲口棚非常大,却还是装不下爸养的全部牲畜。爸养的牲畜非常多,有母牛、公牛、小猪、马和绵羊。要在谷场的牛棚下过夜的总共有二十五头小牛。如果在这么低的温度里过上一整夜,一动也不动,小牛们肯定会被冻死。因此,尽管夜里风大,爸也还是得从暖和的被窝里爬起来,去叫醒睡熟的小牛。

外面非常黑,冷风特别刺骨。爸叫醒了正在熟睡的小牛。他挥动鞭子,赶着小牛们绕着谷场一圈一圈地跑。他也跟在后面跑着,直到小牛身上热了才停下来。阿曼乐再睁开眼睛时,正看见烛台上的蜡烛噼里啪啦地响,罗亚尔已经穿好了衣服准备出门。每当他呼出一口气,和冰冷的空气相碰撞就会凝成一团团白雾。蜡烛的亮光很微弱,仿佛黑夜要把它吞掉一样。

烛火熄了,罗亚尔突然间出了门。阿曼乐听到妈在楼梯口叫喊:"已经五点了,阿曼乐,到去谷场的时间了!你是不是不舒服?"

阿曼乐瑟瑟发抖地从被窝里爬起来。他穿好裤子和背心,跑到楼下灶火前,将衣服扣好。爸和罗亚尔已经去了牲口棚。阿曼乐也匆匆忙忙地提了奶桶跟了去。黑夜似乎漫长无边,四周都非常安静,天上的星星像一点点的霜一

样挂在空中，让人感觉更加冷。

干完谷场里的杂活后，阿曼乐跟着爸、罗亚尔回到暖和的厨房。早饭差不多准备好了，闻起来可香了！妈正在煎松饼。壁炉里正烘着一个大蓝盘子。盘子里装着裹着棕色酱汁的香肠饼，香肠饼又香又脆。

阿曼乐迅速地洗脸、梳头。妈将牛奶过滤后，整家人就坐在饭桌前了，等着爸祷告："感谢上帝将丰盛的早餐赐予我们"，然后吃饭。

早餐非常丰盛。燕麦粥加了香醇的奶油和枫糖，还摆着炸土豆和黄金荞麦饼。阿曼乐吃了酱汁香肠，也可以选择拌黄油或者枫浆吃，可以尽情吃个饱。桌子上还有许多美食，像甜甜圈、果冻、蜜饯和果酱。不过阿曼乐最喜欢吃的还数香喷喷的苹果派，苹果派的酱汁十分香甜，外表的皮也非常脆，让他非常过瘾。他一口气就吃了两大块呢！

吃完早饭，阿曼乐戴上帽子，帽子暖融融的，带着耳罩。他把围巾一直裹到了鼻子处，再戴上连指的手套，提上午饭盒，继续踏上了去学校的路，开始了他的第二天校园生活。

阿曼乐并不想上学。他不想看到那些大男孩欺负科斯先生。不过他又必须去，因为他已经快满九岁了，到了上学的年龄了！

意外的惊喜

每天中午,男孩们会趁着伐木工人滑着大雪橇从哈兹克拉布山下来,将自己的小雪橇与大雪橇绑在一起,"嗖"地跟着大雪橇滑下山去。但他们滑了一小段后必须回到学校上课。只有那些大男孩不害怕迟到,他们并不在乎科斯先生会怎样处罚他们。

有一回,快下课时,大男孩们才回到教室。他们我行我素地走进教室,挑衅地冲着科斯先生大笑。等到他们坐到座位上,科斯先生面色惨白地从讲桌后站了起来说:"你

们要是再敢迟到，我就会处罚你们。"

谁也不知道下次会发生什么事情。

那天晚上罗亚尔和阿曼乐回到家里后，阿曼乐跟爸说，如果打斗实在不公平，科斯先生那么瘦小，就算单打独斗，也不是大男孩的对手，可那些大男孩居然打算一起揍科斯先生一顿。

"要是我足够强壮，能够狠狠教训教训他们，该多好！"阿曼乐说道。

不过爸说，"儿子，学校的董事将科斯先生请到学校里教书，一定是希望他能公平公正。他们会将他应尽的职责告诉他。现在科斯先生已经履行了他的职责。这属于他的工作，和你没关系的。"

"但是那些大男孩也许会杀了他呢？"阿曼乐反驳道。

"那也不是你的问题，是科斯先生的。"爸严肃地说，"当一个男子汉决定做一件事情时，必须恪尽职守，绝不能做到一半就放弃。如果科斯先生是我认为的男子汉，那在这件事上他一定是不愿意别人插手的。"

可阿曼乐还是忍不住地为科斯先生打抱不平。他说："这根本就不公平嘛！科斯先生哪里打得过五个大男孩？"

"儿子，说不定会出现你意想不到的结果呢！"爸继续说，"动作快点，孩子们！晚上的杂活可不等我们呢！"

农庄男孩
Farmer Boy

阿曼乐不再说什么，继续手中的工作了。

第二天的一整个早上，阿曼乐虽然手中端着书本，却一点也看不进去。他很担心科斯先生会出意外。启蒙班的学生到讲台上学习后，阿曼乐又被留在了教室里，因为他不会读课本，只好和女孩子们一起，继续学习不会读的内容。他心里巴不得跑上去狠狠揍比尔·里奇一顿呢！

中午他在外面玩的时候，看到比尔的爸，里奇先生从山上下来了，他驾着堆满木材的大雪橇。所有的男孩都停止了玩耍，一动不动地站在原地，盯着里奇先生。里奇先生是一个粗壮的男人，他的身材非常高大，嗓门也特别大，笑起来声音像洪钟般洪亮。他为比尔感到骄傲，因为比尔不仅可以在学校里和老师作对，还能扰乱学校的教学秩序。

谁也不敢像平时一样把小雪橇和里奇先生的大雪橇绑在一起，只有比尔和他的四个伙伴爬到大雪橇的木材上，一路大声嬉笑着从山上滑下来，在路口转弯处他们的踪影就不见了。其他的男孩们也不敢再玩了，都站在雪地里猜测一会儿可能有可怕的事情会发生。

科斯先生轻轻地敲了敲窗户。男孩们表情凝重地走进教室里，端正地坐下来。

那天下午的课，科斯先生讲了什么，大家都完全听不

小木屋的故事
Little House Books

进去。科斯先生挨个让学生回答问题，他们顺着地板上的缝隙排队，却全都答不上科斯老师的问题。不过科斯老师并没有处罚大家，只说："我们明天把今天的课再上一遍。"

所有人都知道明天科斯老师不会再出现在教室里了。有个小女孩带头哭了，接着又有三四个小女孩把头躲到课桌后面，小声地哭起来。阿曼乐坐在他的座位上，盯着手上的书本。

又过了一段很长的时间，科斯先生把阿曼乐叫到讲台前，让他读课文。可奇怪的是，尽管阿曼乐认识书本上的每个字，却一个字也读不出来，嗓子里好像被什么东西卡住了。科斯先生在等他读书，他却两眼直勾勾地盯着课本，一句话也读不出来。很快他们就听到外面传来那几个大男孩的脚步声。

科斯先生站起来，用瘦瘦的手在阿曼乐的肩膀上拍了拍，让他转过身去，说道："阿曼乐，你先回座位吧！"

教室里瞬间安静了下来，大家都在等着那一刻的来临。大男孩从学校的小路上冲了进来，一路嘻嘻哈哈地打闹着。大个子比尔用力地踢开门，门发出"砰"的响声。他大摇大摆地走了进来，他的四个伙伴也蛮横地跟着走了进来。

科斯先生看着他们，却没说一句话。比尔·里奇嚣张

农庄男孩
Farmer Boy

地朝科斯老师轻视地一笑,科斯老师还是一句话都没说。其他的四个男孩推了推比尔,他又一次嘲笑科斯先生了,还装着一副毫不在意的模样。接下来,比尔就领着大男孩们,大声叫嚷着,沿着过道走回座位。

科斯先生突然把一只手伸到讲台下面,大声喊道:"你给我过来!比尔·里奇!"

大个子比尔飞快地从座位上跳起来,脱了大衣,大声喊道:"弟兄们,冲啊!"他沿着过道飞快地向讲台冲了过去。阿曼乐心里觉得特别难受,他实在看不下去了,可还是忍不住要看一看。

科斯先生从讲台前向后退了几步,从讲台底下抽出来的手上,多了一根又细又长的牛鞭,鞭子挥舞起来会发出"咻咻"的声响。

这根牛鞭有十四英尺长,甩起来像一条舞动的黑蛇。科斯先生用手握住短柄,那甩动的力量大得可以杀死一头牛。科斯先生猛地甩了一下,细长的牛鞭就缠在了比尔的腿上。比尔的身体失去了平衡,几乎就要摔到地上去了。科斯先生又猛地抽了一下,牛鞭瞬间又变成了一道黑色的闪电,在周围绕了个圈,又缠住了比尔的腿。

"比尔·里奇,你过来啊!"科斯先生喊道,然后将比尔往他那边拉了一拉,自己又往后倒退了几步。

比尔怎么也够不着科斯先生，可科斯先生的皮鞭却抽得越来越快，声音越来越响，缠在比尔身上，用力地抽打，抽得比尔都站不稳了，接着科斯先生又飞快地闪开。就这样，课桌前的空地上，科斯先生和比尔，一个用力地抽打，一个死命地躲闪。可鞭子总是一直缠着比尔，鞭打着他，科斯先生快速地后退再继续鞭打他。

比尔的裤子都破了，上衣也撕烂了，血一直从胳膊流下来。鞭子的速度快得肉眼都看不清楚。比尔往前冲了过去，却冷不丁挨到鞭子猛的一抽，身体往后摔倒在地上，发出"轰"的巨响。可他仍然不死心，粗鲁地叫骂起来。他想抓住科斯先生的椅子砸过去，可身上却又被牛鞭抽得痛得不行。他只好开始求饶，像小牛一样哀叫着，嘟努着嘴巴。

鞭子仍然在继续抽，抽在他身上发出"咻咻咻咻"的声音。科斯先生一点一点地将比尔往教室门口抽去，径直地把他扔到了教室外，然后"砰"地一声，把教室的门锁上了。接着，他飞快地转过身，说道："约翰，现在你过来！"

约翰看傻眼了，还呆呆地站在过道上！他转身想要逃走，然而科斯先生快了一步。他将皮鞭一甩，"咻咻"地缠住了约翰，将他往前一拉。

农庄男孩
Farmer Boy

约翰苦苦地哀求："老师，求你别打我了。"科斯老师没理会他，他累得喘着粗气，汗水大颗大颗地顺着他的脸颊流下来，可鞭子还是将约翰缠住了。"唰"地一声，鞭子将他拉到教室门口，科斯老师把约翰也赶到了教室外面，然后"砰"地一声将门关上了，又转过身来。

这时候，其他三个男孩已经吓得慌慌张张地打开窗户，一个接一个地往窗外的雪堆跳去，逃跑了。

科斯先生麻利地将皮鞭卷起来，放在桌面上，拿出面巾纸擦了擦脸，整理了下衣领，继续说："罗亚尔，麻烦你把窗户关上。"

罗亚尔踮起脚尖关上了窗户。接下来科斯先生上了一堂数学课。不过留在教室里的学生都在走神，谁也没有将课听进去。这天下午大家都忘了课间休息这件事。

还没到放学时间，阿曼乐就和其他的男孩们一起冲到了外面，大声欢呼起来。大男孩们被揍了，哈兹克拉布山村的比尔·里奇帮今天被科斯老师狠狠揍了一顿！

等到吃晚饭时，听到爸和科斯先生的谈话，阿曼乐才知道他已经错过了故事里最精彩的部分。

"罗亚尔告诉我，那些大男孩并没有将你赶出学校。"爸说。

"是啊。"科斯先生回答道，"这还要感谢你的黑蛇

皮鞭。"

阿曼乐停下了吃饭，端坐着看着爸。原来爸早知道这一切了，帮着科斯先生教训大男孩的原来是爸的黑蛇皮鞭。知道了这一切后，阿曼乐更加确定爸是这个世界上最聪明、最强壮、最高大的人了！

爸告诉大家，那天下午大男孩们坐在里奇先生的大雪橇里高兴地滑雪的时候，告诉里奇先生，他们会在下午狠狠揍科斯先生一顿。里奇先生觉得这很有意思，他相信那些大男孩会如实做，就早早地把他们打了科斯先生的事情告诉了全镇的人。回家的路上，里奇先生还跟爸说，比尔揍了老师以及扰乱课堂秩序的事情。

阿曼乐呆呆地想，如果里奇先生回到家时，看到比尔没有揍成科斯先生，反而被科斯先生抽成那个样子，将会有多惊讶啊！

生 日

第二天早上,阿曼乐还在喝燕麦粥,爸突然告诉他今天是他的生日。阿曼乐早就将生日这件事抛到九霄云外去了。于是,在那个寒冬的早上,阿曼乐满9岁了。

"我为你准备的礼物在柴房里。"爸说。

阿曼乐巴不得马上跑去拆开礼物。但是妈要求他必须先吃完早饭,如果不吃完,他就会生病,就需要吃药。于是,他按照妈的要求,狼吞虎咽地喝完了粥。可妈又说:"吃东西要细嚼慢咽。"

妈对孩子们吃东西的方式要求特别严格,无论他们的吃相怎样,她都能挑到毛病。

总算吃完了早饭,阿曼乐飞快地跑到柴房里。那里放着一根红色的小牛轭,是爸用红色的雪松做成的,又结实又轻巧,携带起来十分方便。这可是属于阿曼乐自己的小牛轭呢!爸说:"儿子,现在你已经长大了,可以单独训练小牛了!"

阿曼乐这天早上没有去学校。每当谷场里的事情更重要时,阿曼乐就可以请假不去上学了。爸陪着他带着小牛轭走进牲口棚。阿曼乐心想,如果他今年把小牛训练好了,或许明年爸就会叫他训练小马呢。

小牛星星和亮亮就住在位于南牲口棚的温暖牛棚里。因为阿曼乐经常给两头小牛刷毛,因此它们的小红腰肚光滑得像丝绸一样。看到阿曼乐朝牛棚边走来,两头小牛争先恐后地来到围栏边,它们伸着湿润而粗糙的舌头,舔阿曼乐。原来它们以为阿曼乐带了红萝卜来呢!事实是阿曼乐要把它们训练得和大公牛一样听话。

爸教阿曼乐如何小心翼翼地把牛轭套到小牛们软软的脖子上。他要先用一些碎玻璃片将牛轭的内层磨干净,像丝一样滑,这样它才能完全和小牛的脖子匹配。阿曼乐把牛棚的围杆放下,小牛们若有所思地跟着阿曼乐出了牛棚，来到外面寒冷的谷场里。

牛轭的一头被爸拿在手里，另一头则在阿曼乐手中。他们合力把牛轭套到了小牛的脖子上。紧接着，阿曼乐举起亮亮脖子下的弓形支架，把支架的两端推到牛轭上留的孔里，再把一个木栓插入弓形支架的一头，弓形支架就固定好了。

亮亮扭着头，好奇地想对它身上套着的奇怪东西探个究竟。但平时阿曼乐把它训练得很乖，它什么也没做，只是静静地站着，乖乖地吃阿曼乐给它喂的红萝卜。

星星听到了亮亮吃胡萝卜的声音，也想吃了。于是爸把星星牵到亮亮身边，把牛轭的另一端套在了星星的脖子上，阿曼乐推了一把藏在牛脖子下的弓形支架，用木栓固定住了。于是，现在他有了一对属于自己的、上了牛轭的小牛了。

接下来，爸又将一根绳子系在星星的牛角上，阿曼乐牵着这根绳子，站在小牛的前面朝它们喊道："驾，驾！"

随着阿曼乐往前拉绳子，星星的脖子向前伸得越来越长。好一会儿，星星才开始往前走。亮亮打了一个喷嚏，用力往后拉住，却被星星脖子上架着的牛轭拦住了。两头小牛面面相觑，不知道发生了什么事情。

爸帮着推了推小牛，让它们并排站好，才对阿曼乐

说:"孩子,先这样吧。我先留点时间给你,你想想接下来该怎么办?"说完,他就往牲口棚走了进去。

这一刻,阿曼乐意识到自己已经长大了,要独自处理重要的事情了。

他站在雪地里,和两头小牛对望着,心想,要怎么做才能让它们知道,当他叫"驾、驾"的时候,是想让它们往前走呢?他必须得想一个法子让它们了解这个意思。

突然,阿曼乐灵光一闪,有办法了!他到母牛的饲料槽里抓了一些胡萝卜,塞满了口袋。回来之后,他就站在离小牛远一些的地方,左手拿着绳子,右手则插在工作服的口袋里,继续喊:"驾、驾",一边拿着胡萝卜在星星和亮亮的面前晃了一晃。

两头小牛便积极地跑了过来。

看到它们快靠近了,阿曼乐又喊道:"吁!"两头小牛就停在了胡萝卜面前。阿曼乐给它们各分了一块胡萝卜,它们吃完之后,阿曼乐又朝后退了几步,继续把手插在口袋里,喊着:"驾、驾!"

就这样,小牛们很快懂得了"驾、驾"的含义是往前走,而"吁"的意思是停下来。让人吃惊的是,它们居然表现得和成熟的公牛一样好。这时候,爸来到门前,对阿曼乐说道:"儿子,可以了!"

农庄男孩
Farmer Boy

可阿曼乐觉得这样还远远不够，但他不打算和爸对着干。

"这是小牛们第一次被训练，不能训练太长时间，不然它们会不高兴的。下次就不会这么轻易听话了。"爸解释道，"再说，现在也到吃午饭的时间了！"

一个上午居然这么快就过去了，阿曼乐觉得难以置信。他把木栓取出来，卸下弓形支架，把小牛脖子上的牛轭也卸了下来。

爸又教他怎么用干草清洗弓形支架和牛轭，再怎么挂在钉子上。工具要清洗得干净而且不潮湿，小牛们的脖子才不会酸痛。

走出牛棚后，阿曼乐在马厩牲口棚的门口停了一会儿，看了看里边的小马。虽然他非常喜欢星星和亮亮，但是和身材匀称轻盈、动作敏捷的小马们比起来，它们显然还是笨重了些。每当小马们喘气时，鼻子就会张一下收一下的，耳朵也会一扇一扇，灵敏得像小鸟的翅膀一样。每当它们甩头时，脖子上的鬃毛就会飞起来。它们细瘦的腿和蹄子触及地面，就会引发尘土飞扬，它们的眼睛炯炯有神。

想到这些，阿曼乐终于鼓起勇气说："我想驯一匹小马，爸。"

"这不是现在的你能干的活,儿子。"爸说,"一点点小错误就会彻底毁了一匹好马的。"

阿曼乐不再说什么了,他郁郁寡欢地走回屋子。

今天一整天阿曼乐都是单独和爸妈一起吃饭的,这让他感觉很别扭。因为没有客人来访,因此他们一整天都在厨房的饭厅里用餐。在积雪的照耀下,厨房显得十分敞亮。碱粒和沙粒将地板和桌子磨得十分亮。平底锡锅反射出银光,铜锅则是金光,茶壶"呜呜"地响着,窗台上的天竺葵红得比妈的红裙还要鲜艳。

阿曼乐实在太饿了,他顾不上说话,一个劲地大口吃着饭。爸妈在一旁边吃饭边说着话。吃完饭后,妈站起来,将盘子放到洗碗盆里。

"阿曼乐,帮我把木柴箱填满。"妈说,"干完这些,还有其他事等你做呢!"

阿曼乐打开壁炉旁边的柴房门,一辆新的手推雪橇出现在他眼前。

他难以置信,这居然是给他的。他的礼物是牛轭啊!他问:"爸,这是给我的雪橇吗?"妈笑起来,爸眨巴着眼睛看他:"难道你还认识了其他想要雪橇的九岁男孩?"

雪橇非常漂亮,它是爸用山胡桃木做成的,又细又长,光看着就知道它滑起来肯定很快了。雪橇滑竿用水泡

农庄男孩
Farmer Boy

过，又长又干净的弯头好像一不留神就会飞起来似的。阿曼乐轻轻地摸着闪亮的木头。爸把木头打磨得非常光滑，连钉在里头的木钉子头儿都摸不到。一根横木横在滑竿中间，滑雪的时候脚可以放在这上面。

"玩去吧！"妈说，"拿着雪橇去外面痛快地玩吧！"

外面的温度很低，零下四十多摄氏度呢！还好这个时候太阳正照着大地。阿曼乐整个下午都在滑雪。不过他不会在松软的厚雪堆里滑，只是选择大雪橇划过的痕迹跟着滑行。

阿曼乐爬到山顶上，身体趴在雪橇上，然后用力一蹬，雪橇就"嗖"地带着他滑下了山。

大雪橇滑过的痕迹又弯又窄，他早晚会翻进雪堆里。果然，不一会儿，阿曼乐就摔了一跤。雪橇被甩到了空中，而他则一头栽进雪堆里。他急急忙忙地爬出雪堆，捡起雪橇又往山顶爬。

这期间，他回到屋子里几次，拿了些苹果、甜甜圈和饼干吃。楼下没有一个人，非常安静。不过楼上可忙了。妈在织布，在楼下都听到织布机织布的响声和飞快的沙沙声。阿曼乐将柴房的门打开，又听到了刨刀"刷刷"的声音和木板被翻转的"噼啪"声。

阿曼乐爬到楼上，走进位于阁楼上的爸的工作间。爸

正带着白得像雪一样的连指手套,为了防止手套丢掉,手套的绳子被绕到了脖子上。阿曼乐拿了一个甜甜圈在右手上,两块饼干在左手上,他一口甜甜圈、一口饼干地吃着。

一条木板凳放在靠窗户的地方,爸坐在木板凳的一头。板凳的一头比另一头稍微高了一些,正对着阿曼乐。两根木栓装在板凳的斜面上。爸用斧头从橡树上砍下了一些木板,而这些木板此刻正放在爸的右手边。

爸捡起一块木板,将木板的一端用木栓顶着,接着又沿着木板的斜面,拿起刨刀从上往下刨了起来。"唰"地一下,木板表面就光滑了,再"唰"地一下,木板的上面就没下面那么厚了。刨好了一面后,爸会把木板翻过来,继续刨另一面。只要"唰唰"地刨两下,木板就刨好了。接下来,爸会把这片木板放进另一堆已经刨好的木板堆里,再重新拿起一块粗粗的木板,将它顶在木栓上,继续刨了。

爸刨木板的动作非常快。他一边刨着木板,一边抬起头来问阿曼乐:"儿子,今天过得开心吗?""爸,可以让我刨一下吗?"阿曼乐问。爸从木板凳上稍稍往后挪了挪,给阿曼乐腾出了一块空地。阿曼乐手中握着一把长长的刨刀,非常小心地刨起木板来。不过他发现刨木板不像

> 农庄男孩
> Farmer Boy

想象中那么容易。爸把阿曼乐的手握在他的大手里，父子俩就齐心协力地刨起木板来。将一面刨光滑后，阿曼乐又将木板翻了过来，和爸一起刨另一面了。过了一会儿，他从凳子上跳下来，跑到另一间屋子里去看妈了。

妈正飞舞着双手，右脚轻踩织布机的踏板。飞梭飞快地在她的左右手间穿越。纺线则在飞梭之间穿梭，交织成十字的形状，接着飞梭又将交叉的纺线勾住。

踏板发出"啪啪"的响声，飞梭发出"克哩咔啦"的响声，织布的手柄则"砰砰"地作响，飞梭来回穿梭。

妈工作的房间十分敞亮，壁炉上的烟囱将整个房间烤得非常暖和。窗边放着妈的小摇椅，摇椅的旁边有一篮子用来缝纫的地毯碎布。一台不用的纺车正立在墙角边。墙边还排着几个置物架，上面堆满了一串串妈去年染的红、棕、蓝、黄色的纺线。

不过织布机上面的布是妈用没有染过色的白羊毛线和黑毛线编在一起织成的米灰色的布。

"这个是用来干什么的？"阿曼乐问道。

"阿曼乐，不许用手指。"妈说，"这样不礼貌。"妈喊得很大声，不然会听不见。织布机隆隆的响声太大了。

"那这是为谁织的？"阿曼乐不再用手指了，他继续问道。

小木屋的故事
Little House Books

"给罗亚尔呀，给他织上学穿的衣服。"妈说。

下个冬天，罗亚尔就要去马隆城上学了，妈正在给他织新衣服。

屋子里的一切都显得非常惬意、舒适。阿曼乐跑到楼上，又从甜甜圈罐里拿了两块甜甜圈，然后拿着雪橇到外面滑雪去了。

不一会儿，太阳就从西边落下去了，东边的斜坡一下子暗了起来。做杂活的时间到了，阿曼乐不得不把雪橇放好，帮忙一起给牲口喂水。

牲口棚离井还有一段距离。水泵旁矗立着一间小屋。水从室内的水槽流进去，穿过墙壁，才流到外面的大水槽中。水槽的表面冻了一层厚厚的冰，水泵的把柄非常凉，如果不戴上手套就去碰把柄，手就会被冻得火辣辣地疼。

有时男孩们会互相打赌，看谁敢在这么冷的天里用舌头去舔水泵的冷把柄。在这样的天气里，用舌头去舔那把柄，只会有两种结果：要不就是会被活活冻死，要不就是把舌头留给把柄。

阿曼乐在冰冷的泵水房中央吃力地压水。爸负责牵马出来喝水。他先一组组地将马牵出来，小马都跟在母马的身后。然后他又牵出了一些成年的马，每次都只牵一匹。这些马还没有被驯好，它们到处乱踢着腿，用力地扯着缰

农庄男孩
Farmer Boy

绳。爸用力地拉着缰绳，它们挣脱不了。阿曼乐已经尽力以最快的速度压水泵了，水从水泵里汩汩地流出来。马把它们冻僵的鼻子伸进水槽，大口大口地喝水。

爸随后将水泵的把柄接过来，把大水槽灌满水，又往牲口棚走去，将牛赶了出来。

不用赶，牛就会自己来到槽边喝水了。它们积极地凑到水槽边，将阿曼乐压出来的水喝完了，又匆匆忙忙地向暖和的牲口棚走了去，回到自己的牛棚里。母牛很乖，每天都会自己走进牛棚，准确无误地将头放进属于自己的牛栏里。

连爸也不知道它们比起马来，是更聪明，还是笨得只会听人话行事。

阿曼乐拿着干草叉，开始打扫牛棚。爸按比例将燕麦和豌豆倒到饲料槽里。这时候，罗亚尔从学校回来了，他也跑来谷场帮忙了。他们和平常一样，一起干完杂活，阿曼乐的生日也就这样度过了。

他想，明天他该去上学了。不过晚上爸说锯冰块的时候到了。阿曼乐和罗亚尔可以留在家里帮忙，不用去上学。

割冰块

    天气非常冷，脚踩在雪上就像踩在沙子上似的，会发出"嘎吱嘎吱"的响声。如果小水滴不小心滴在了空气中，很快就变成了小冰球。中午时分，屋子南边的雪还没开始融化，这是锯冰块的最好时机。把冰砖从池塘里捞出来，滴落下来的水马上就会结成冰了。

    太阳从东方升起来了，照得东面山坡上的雪堆发出玫红色的亮光。阿曼乐夹在爸和罗亚尔中间，缩在大雪橇的皮毯里，惬意极了。他们正朝鳟鱼河边的池塘滑去。

农庄男孩
Farmer Boy

马儿轻快地跑着，脖子上的铃铛被摇得叮当作响，一团团热气从它们的鼻孔里哈出来。滑行竿和坚硬的雪地摩擦，发出吱吱的响声。冰冷的寒气钻进阿曼乐的鼻孔里，冻得鼻子又僵又疼。太阳的光线越来越强了，照得雪地显现出红色、绿色的小斑点。挂在树林里的冰柱也反射出耀眼的白光。

还得在树林里走一公里，才会到池塘。每隔一会儿爸都要从雪橇上跳下来，用手捂着马儿的鼻子。马儿呼出来的团团热气凝结在它们的鼻子上，让它们呼吸困难。爸用手掌融化了马鼻子上的冰渣，马儿又可以轻快地奔跑了。

当他们到达目的地时，法国佬乔伊和拉兹·约翰已经等在池塘边了。他们两人住在树林的小木屋里。他们没有农场，只好依靠打猎、捕捉野生动物以及捕鱼为生。他们非常喜欢唱歌、跳舞和开玩笑，喜欢喝红酒，而不是喝苹果汁。每当爸需要找人手帮忙时，他们就会来给爸工作，之后领些地窖里的用木桶装着的咸猪肉当薪水。

他们站在池塘边，穿着高筒靴，套着花格子外套，耳朵还用毛皮耳罩罩住了。池塘边盖满了雪花，热气从他们口里呼出来，在寒冷的空气中结成了细小的冰滴，紧紧贴着他们的胡子。两人的肩膀上都扛着斧头，手上则拿着锯子。

锯子上镶着一片长长的、窄窄的锯齿，锯子的两端各有一个木头做成的把手。锯东西的时候，两个人要同时握住把柄，在要锯的东西边上前后拉动，才能把那东西锯成两半。不过他们现在不能这么锯冰块，现在脚下一整块的冰块坚硬得像地板一样，根本找不到地方下手锯。

爸一看到他们，就大笑着喊道："你们抛硬币了吗？"

除了阿曼乐，大家都笑了。阿曼乐实在不知道这句话为什么好笑，法国佬乔伊耐心地告诉他："很早以前，有两个爱尔兰人被派去锯冰块。那还是他们第一次见到冰，不知如何是好。于是，他们站在那里，一会儿看冰，一会儿看锯子，最后，一个名叫派特的人想了一个法子。他从口袋里掏出一枚硬币，说：'杰米，为了公平起见，我们抛硬币，用猜正反面的方法来决定谁到冰下面锯冰块吧！'"

这下子阿曼乐总算明白过来了。想到有人会到又昏暗又阴冷的冰下面去拉锯子，他就想笑。

阿曼乐跟着其他人，从光滑的冰面穿过去，来到了池塘的中央。一阵冷风吹过来，将冰面上的雪花掀了起来。水面结了一层光滑而又结实的冰。冰的颜色暗暗的，落在上面的雪花已经被风吹掉了。阿曼乐站在一边，看着约翰和乔伊在冰面上戳了一个呈三角形状的大洞，再把剩下的碎冰渣掏出来搬走。透过洞除了能看到一片水，其他的什

农庄男孩
Farmer Boy

么都看不见了。

拉兹·约翰说:"大概厚二十英寸。"

"那就锯成二十英寸那么长的冰吧!"爸接道。

于是约翰和乔伊就跪在洞边上,把锯子伸进水里,开始锯冰块。没有人会潜到水中去拉锯子的另一端。

他们并排跪着,在冰面上锯出了两条非常长的裂缝,两条裂缝中间隔了二十英寸,每条裂缝也是二十英寸长。约翰用斧头劈向冰块,一块长、宽、高都是二十英寸的冰块就漂在水上了。

约翰拿了一根竹竿,用力地把刚锯下来的冰块推到呈三角形状的洞边,冰块不规则的棱角碰撞了洞口,漂浮在冰面上的薄冰立刻被"啪"地撞得粉碎。乔伊用锯子锯下了许多长二十英寸、宽二十英寸、厚二十英寸的冰块。爸把冰块用铁制的大冰钳夹起来,装到大雪橇上。

阿曼乐跑到洞口边去看锯冰块,却不小心滑倒了。

他一头栽进了又黑又冷的冰水中,手用力地想抓住什么,却什么也抓不住。他知道自己将慢慢地沉下去,被急流冲到冰下面,然后谁也找不到他了。他会一直被压在一片漆黑的冰下,然后被活活地淹死。

幸好法国佬乔伊非常及时地抓住他。他听到一声大喊,感觉他的腿被一只粗糙的手抓住了,"哐当"一声,

他就躺在了安全坚硬的冰块上。他站起身,就见到爸焦急地冲了过来。

爸站在他面前,看上去更加威武高大,他似乎很生气,阿曼乐非常害怕。

"我要用鞭子狠狠教训你,看你还敢这么调皮?"爸大声喊道。

"我知道了,爸。"阿曼乐小声地应道。他知道这回肯定要被打一顿了,他本来应该更加小心一些的。阿曼乐惭愧地想:自己已经九岁了,是个小大人了,做事情应该三思后行,不应该犯这种错误。湿冷的衣服贴在他身上,冻得他缩成了一团。他的两条腿不停地哆嗦着,害怕爸会拿大雪橇上的鞭子抽他。爸的鞭子抽在身上可疼了。不过谁叫自己犯错了呢?

"这次我不打你了。"爸决定道,"但你必须保证,下次不能到洞口边玩!"

"爸,我知道了。"阿曼乐小声地说。他快速地躲开洞口,不敢再靠近了。

爸把冰块都装在大雪橇上后,就把防寒的护膝毛毯铺到冰块上,和阿曼乐、罗亚尔一起坐上大雪橇,回到位于牲口棚附近的冰房里了。

冰房是由木板盖成的,木板之间的缝隙很大,下面垫

农庄男孩
Farmer Boy

了许多木板，离地面很远，从远处看去就像一个大笼子。爸把从锯木厂拉回来的锯末儿铺在地板上。

爸用铲子将锯末儿铲起来，在地板上铺了三英寸厚。然后又将冰块放在锯末儿上，每个冰块之间隔三英寸。干完这些活，爸又滑着大雪橇去池塘边搬冰块了，阿曼乐和罗亚尔被留在冰房里继续干活。

他们用锯末儿将冰块的缝隙塞满，然后用木板夯实锯末。为了腾出冰房的角落，他们将堆在屋子角落里的锯末儿铲到冰块上。接下来他们继续重复刚才的工作，周而复始。

他们不停地工作，可速度还是比不上爸运冰块的速度。他们手上的活还没干完，爸就又拉了一大雪橇的冰块来。爸把冰块铺好，每个冰块间隔三英寸，又在冰块上铺上一层锯末儿，弄好后，他就驾着雪橇离开了。阿曼乐和罗亚尔就继续干接下来的活。他们在冰块间的缝隙上填满锯末儿，并夯实它们，接着又铺了一层锯末儿在冰块上。有的锯末儿会从冰块上滑下来，滑到地面上，他们就将剩下的锯末儿铲下来，铺到冰块上。

他们卖力地干着活，汗水都流了下来，身上暖洋洋的。中午还没到，阿曼乐就非常饿了。可他非常忙，连放下活，跑到屋里去拿甜甜圈吃的时间都没有。他的肚子饿

053

得一直"咕咕"地叫着。他双腿跪在冰面上,用戴着连指手套的手用力地将锯末儿塞进冰块的间隙里,然后用小木棍拼命地夯实锯末儿。他向罗亚尔问道:"你最喜欢吃什么呢?"

于是他们谈起美味的食物来,他们谈论的美食非常多,有排骨、烤豆子、裹着汁的火鸡、香脆的玉米面包,以及其他的一些好吃的东西。不过阿曼乐说自己最喜欢的还是洋葱煎苹果。

终于,吃饭的时间到了。他们走到饭厅的饭桌前,就看到饭桌上正摆着一大盘阿曼乐最喜欢的食物呢!妈知道阿曼乐最喜欢这道洋葱煎苹果了,于是特意做了给他吃。

阿曼乐一共吃了四大份洋葱煎苹果。他还吃了一些土豆泥、清煮白萝卜、奶油胡萝卜,以及用棕色肉汁裹着的烤牛肉。除此之外,他还吃了许多有着蟹味,还夹着苹果味果冻的黄油面包。

"儿子,你正处在成长期,要多吃点东西!"妈一边说着一边夹了一大块布丁,放进阿曼乐刚吃光的盘子里,接着又递给他一壶放了豆蔻肉末的加糖奶油。

阿曼乐往裹着松软的脆皮苹果泥上浇了一些浓郁的奶油,再往奶油上淋了一把棕色酱汁,酱汁甜得像糖浆一样,非常好吃。阿曼乐拿起勺子,一下子就将自己的苹果泥消灭光了。

在做杂活的时间到来前,阿曼乐和罗亚尔一直在冰房里干活。第二天和第三天也是如此。直到第三天的黄昏,爸帮着他们往冰房屋顶最高一层的冰块上撒了锯末儿,他们的活才完全干完。

冰块上有锯末儿盖着,就算最炎热的夏天到来,冰块也不会融化了。要用的时候,一块块拿出来就行了。妈可以将这些冰块做成冰淇淋、冰镇蛋酒和柠檬水。

礼拜六的晚上

礼拜六,妈一整天都在厨房里烤东西。晚上,阿曼乐将牛奶桶放进厨房的时候,看到妈还在炸甜甜圈呢!炸甜甜圈的焦味十分诱人,新烤面包的麦香味十分香,蛋糕的味道香喷喷的,空气中还有派的甜味,各种食物的味道混在一块,让人垂涎三尺。

阿曼乐用手将锅里最大的一个甜甜圈捏出来,一口咬下了甜甜圈香脆的一角。

妈正在擀金黄色的生面团。妈把它切成了一根根又

农庄男孩
Farmer Boy

细又长的生面条,然后用力地一甩,将两根面条扭在了一起。她的动作快得让人看得眼花缭乱。面条在她手上变得非常神奇,好像可以自己拧成一股,蹦蹦跳跳地就跳进了冒着热油的铜质大锅。

"扑通!"它们一下子就掉进了油底,溅起一大串泡泡。不一会儿,扭好的面条就自己从锅底冒了出来,慢慢地浮到油面,膨胀起来。当它们胀得足够大的时候,自己就翻了个。接下来,面条呈淡黄色的那一面就浸入热油,而饱满的那一面棕黄色就浮到了油面。

妈说,在下锅前将它们扭成了一股,它们才会自己翻个。有的妇女发明出另一种样式的甜甜圈,成圆形,中间挖了一个洞。不过很可惜,圆形的甜甜圈不会自己翻个。妈没那么多时间给它们翻个,于是选择了这种会自己翻个的甜甜圈,不过进锅前需要先将面团扭好才行。

阿曼乐很爱过"烘烤日",因为这天会烤各种各样的食物,比如面包、蛋糕等。不过他很讨厌礼拜六的晚上。这天晚上他要洗澡,不能舒舒坦坦地坐在炉火边,悠闲地吃苹果、爆米花,喝苹果汁。

吃完晚饭,阿曼乐和罗亚尔又披上大衣,戴上帽子、连指手套和耳罩。他们手上拿着一个从外面大浴盆里取出来的小浴盆,来到注满雨水的水桶旁。

小木屋的故事
Little House Books

屋外冰天雪地。寒星高挂在夜空中，四周黑得伸手不见五指，只有厨房里点着的蜡烛还发出一点微弱的亮光。

水桶的雨水表面结了一层厚厚的冰，要打碎这层冰，避免木桶冻裂，这是每天必做的工作。罗亚尔将斧头举起来，"砰"地一声向木桶里的冰砍下去，这时碎冰块将水往外向四面八方挤出去，水漉漉地从桶底冒出来了。

奇怪的是，天气冷的时候，水不像其他东西那样收缩，反而会膨胀起来。

阿曼乐拿着浴盆，将涌出来的水和桶里敲碎的浮冰舀出来。这是一项非常寒冷、效率又低的工作。阿曼乐想了一下，想出了一个好主意。他打算找些冰块加进来，再放在火上烧，洗澡水准备就好了。

厨房的屋檐上就有一根根长长的冰柱。冰柱的最顶端是一块非常坚硬的冰，冰柱尖几乎要垂到地面上了。阿曼乐用手抓住其中一根冰柱，又使劲一拉，就把冰柱尖拉下来了。

罗亚尔之前将他的小斧头放在门廊处的台阶上，现在小斧头已经与台阶冻到一块了。不过阿曼乐还是用力将斧头拔了起来，双手举起斧头，用力砍了一下冰柱。屋檐上的冰从屋檐上掉下来，稀里哗啦像雪崩一样，大声地发出"砰"的一声，很吓人。

农庄男孩
Farmer Boy

"阿曼乐,把小斧子递过来。"罗亚尔朝阿曼乐说道,不过阿曼乐并没理他,而是又朝冰柱砍去,这次发出的响声更大了。

"你的个头比我高,就直接用拳头打碎冰柱好了,没必要用斧子。"阿曼乐说。于是罗亚尔就用拳头打冰柱,阿曼乐继续一下一下地用小斧子打冰柱。冰柱落在地面上,发出的声音稀里哗啦,巨大无比。

阿曼乐和罗亚尔快乐地大叫起来,他们砍下的冰柱愈来愈多了!碎冰块大片大片地在空中舞动,落在门廊前的台阶上。敲碎的冰块落在雪堆上,扎出了一个又一个小小的孔。经过兄弟俩这一顿闹腾后,一个巨大的缺口出现在了屋檐上,从远处看去,就像屋顶掉了几颗牙一样。

妈使劲拉开门,喊叫到:"上帝,请您发点慈悲吧!罗亚尔,阿曼乐!你们有没有哪里被伤着了?"

"妈,我们没事,挺好的。"阿曼乐一边回答着,一边在心里闪过一阵窃喜。

"这是怎么回事?你们俩在这里干嘛?"

阿曼乐的心里涌上一丝愧疚。不过他们也并非在无理取闹,他们在正经地干活。

"妈,我们正在把冰加到洗澡水里呢!"他回答道。

"天哪!我这辈子还是第一次听到这样大的动静!你

小木屋的故事
Little House Books

们非得学着卡曼奇印第安人那样嚎叫吗？"

"妈，不是的。"阿曼乐继续回答道。

外面太冷了，妈说话时牙齿都冻得咯咯直响。她赶紧关上了门。阿曼乐和罗亚尔慢慢地捡起掉在台阶上的冰柱，把它们放进浴盆里，一点响声也没有弄出来。塞满了冰柱后，浴盆的重量一下子增大了许多。阿曼乐和罗亚尔跟跟跄跄地抬着浴盆走，最后还是爸帮着他们把浴盆抬到了厨房的壁炉上烤。

阿曼乐开始给自己的鹿皮鞋上油，罗亚尔也在为他的靴子上油。浴盆的冰开始融化了。妈在食物储藏室里，她把豆子倒进锅里煮，锅非常大。然后，她又往锅里加了些洋葱、胡椒以及一片肥猪肉，然后往上面一层一层地浇糖浆。接下来，阿曼乐看见妈将盛着面粉的木桶打开，将里面的面粉和玉米粉倒进了黄色大瓦罐中，又继续往里边加了些牛奶、鸡蛋和另外一些其他食材。加完之后，妈就开始用力地搅拌了。最后，妈把已经搅拌成灰黄色的黑麦玉米面糊倒进了大烤锅中。

"阿曼乐，你端着黑麦玉米面糊要小心点，别把它洒在地上了。"妈提醒着。阿曼乐正端着一大锅黑麦玉米面糊跟在妈的身后，妈走在前面，她的手上端着一锅豌豆。爸配合地打开灶台上烤箱的门，妈将豆子和面糊推了进

农庄男孩
Farmer Boy

去。它们在烤箱里慢慢地烤着，要烤到礼拜天的晚饭时分才会停下来。

现在，厨房里只剩下阿曼乐一个人了。他洗澡的时间到了。他将干净的内裤挂在椅背上，边风干、边烤暖。又将洗澡布、毛巾以及放软肥皂的小木盒子放在了另一把椅子上，接着从柴房里拿出了一个浴盆，放在正对着烤箱门的空地上，在这个位置洗澡，不会那么冷。

他把自己的背心、裤子以及一双袜子脱下来，从壁炉上的浴盆里舀出一些热水。准备好这一切后，他又将另外一双袜子和内裤脱下来。烤箱里热气滚滚的，蒸着他没穿衣服的身体舒服极了。他真想穿上自己干净的内裤，索性不洗澡了。不过他不可以这么做。待会当他回到饭厅时，妈会检查他到底有没有洗干净的。

阿曼乐把脚放进水中，水漫过他的脚。接着他将手指伸到小木盒里，挖了一些呈棕色的光滑的软香皂，并将它们涂在洗澡布上。用洗澡布将自己浑身上下仔仔细细地搓洗了一遍。

浸泡他的脚的水暖暖的，不过他却冷得浑身发抖。他的肚皮被水打湿了，因为正对着烤箱，被热气蒸得发烫。可是他湿漉漉的背却接触不到热气，冷得瑟瑟发抖。当他转过身背对烤箱时，背又热得好像马上就要起水泡，而前

061

胸却又冷得要命。他只好赶快将澡洗完，把身子擦干，套上自己暖和的内衣以及羊毛长衬裤，最后将自己的羊毛长睡衣穿上。

这时，他才突然想起来，他还没清洗耳朵呢。于是，他又将洗澡布拿起来，在耳朵和后颈上擦了擦，最后才戴上睡帽。

洗完澡后，全身一下子变干净了，非常舒服。阿曼乐穿的是一件新的、很暖和的内衣，穿在身上感觉连皮肤都滑溜溜的。不过这种感觉只有礼拜六晚上才有，非常美妙。但如果只是为了享受这种感觉才去洗澡，阿曼乐才不愿意呢！如果他能自己做主，他希望春天来临之前，都不要洗澡。

他现在还不能马上去倒洗澡水，因为外面非常冷，刚洗完澡的他如果现在就出去，一定会感冒的。爱丽丝洗澡前要倒掉阿曼乐的洗澡水，用阿曼乐的浴盆洗澡。这样推算下去，伊莱扎·简要把爱丽丝的洗澡水倒掉，而罗亚尔要倒的是伊莱扎·简的洗澡水，最后妈要倒掉罗亚尔的。这天晚上，爸要倒掉妈的洗澡水，然后在洗完澡的第二天早上倒掉自己的。

礼 拜 天

第二天一早,阿曼乐就吃力地提着两只装满牛奶的桶,走进厨房来。今天是礼拜天,全家人都要去教堂,妈现在正在准备千层饼。

壁炉上的蓝色大盘里摆满了又蓬松又香的香肠蛋糕。和平时一样,伊莱扎·简正在切苹果派,而爱丽丝正在将燕麦粥盛到盘子里。火炉的背面摆着已经烤得非常热的蓝色小浅底盘,盘子里叠起了十块千层饼,高得像塔一样。

冒着油烟的铁烤盘上还烤着十张煎饼呢!煎饼刚刚

烤好，妈将它们又分别添在了其他的饼上，每一叠饼上添一张，并涂了一层黄油在上面，又往上裹了一层浓浓的枫糖。在热气的作用下，黄油和枫糖融化在一起，浸在又酥又脆的煎饼中，融化的汁沿着煎饼脆脆的边缘流了下来。

这样千层饼就做好了，阿曼乐最喜欢吃千层饼了。

妈不停地煎千层饼，直到大家把自己的燕麦粥喝完。无论她做了多少，都不够大家吃！阿曼乐还正津津有味地吃着，就见妈将自己的椅子往后拉了拉说道："天啊！都已经八点了，这下我要飞过去，才赶得上教堂敲钟了。"

妈总是非常忙。她的脚步总是停不下来，灵巧的手干起活来速度非常快，让你几乎看不到她的手指。除了纺纱和织布，她每天都没有空闲坐下来歇一歇。纺纱或织布的时候，她的手不停地动着，脚踩着踏板，纺纱机也飞快地运转着。因为速度太快了，从远处看起来模糊一片，织布机也"砰砰"地不停响。平时她都是自己忙，不过因为礼拜天早上要去教堂，她就会让全家人都跟着她手忙脚乱。

爸将拉雪橇的马牵了出来，马身上的鬃毛被刷得光滑极了，在阳光的照射下闪闪发光。阿曼乐在打扫雪橇，而罗亚尔在擦拭镶了银的马鞍。他们把马套在雪橇上后就走进房间，穿上礼拜天去教堂才穿的衣服。

妈正在食物储藏室里给礼拜天要吃的鸡肉派盖上最后

农庄男孩
Farmer Boy

一层面皮。三只肥母鸡的肉夹在派里，还有一层滚烫的肉汁浇在鸡肉上。妈铺好面皮，将两棵松树刻在上面，再卷起面皮的边。她把派放进壁炉的烤箱中，与豌豆和黑麦玉米面包一起烤。爸朝炉子里堆了许多山胡桃树柴火，连带着关上通气门。接下来，妈迅速地拿出爸的衣服，自己也梳妆起来。

礼拜天的时候，穷人只能穿手工纺织布做的衣服。不过罗亚尔和阿曼乐的家里很富有，他们穿的衣服，是用妈亲自处理的布做成的。爸、妈以及姐姐们就穿得更加漂亮了。他们穿的衣服是用妈从商店里买来的机织布做成的。爸的衣服是妈亲自用黑呢绒布料缝制的。大衣的领口是天鹅绒做的，而衬衣的材质是来自法国的白棉布做的。领带的材质是黑色绸缎，礼拜天爸不穿靴子，穿的是用薄薄的小牛皮做成的鞋子。

而妈穿着褐色的羊毛呢大衣，领口是用蕾丝做成的，手腕处大灯笼袖甩着，白色的蕾丝在风中飘动着。蕾丝是由最精细的线织成的，精细得好像蜘蛛网一样。一排排褐色的天鹅绒嵌在妈衣服的袖子和上衣前襟上。同样的，妈带着用褐色天鹅绒做成的帽子，帽子上面带着一根褐色的天鹅绒绑带，妈可以把绑带寄在下巴上。

阿曼乐自豪地看着妈在礼拜天穿的精美衣服。不过

尽管姐姐们也穿得非常精致，他却一点也生不出自豪的感觉来。

她们的蓬裙大得太厉害了，将罗亚尔和阿曼乐都挡在了外面，他们都钻不到雪橇里了。他们只能弯下身子挤进去，把蓬裙悬在膝盖上。每当他们动一下，伊莱扎·简就会大声地喊道："笨蛋，小心一点！"

爱丽丝则会口气幽怨地叹道："天哪，你们把我裙子的缎带都给毁了。"

阿曼乐听了这话心里更加郁闷了。不过他们后来都把脚塞到了牛皮毯子下面，靠着热腾腾的砖头。爸爸驾驶着马儿飞快地跑，阿曼乐的心情就一下子欢快起来，烦恼瞬间被他抛到九霄云外了。

雪橇飞驰得像风一样快。在太阳的照耀下，骏马熠熠生辉。它们弯着脖子，昂着头，细瘦的腿在雪里飞快地跑，带起了一阵阵风。它们光滑的鬃毛和尾巴迎着风飘扬起来。

爸直着腰把缰绳握在手里，驾驶着马儿让它飞快地跑，心里得意极了。爸的马儿一向训练有素，性情也十分温和。他从来不用鞭子抽它们，只要勒紧缰绳或稍稍松一点，马就会听他的命令了。他的马是纽约州，甚至是世界上最好的马了。

农庄男孩
Farmer Boy

　　这儿离马隆城有五公里远,不过爸只提前半个小时出发,也赶得及在教堂敲钟时到达。拉雪橇的马队在雪里跑了五公里,来到教堂门口。爸把马儿牵到马厩里,并给它们披上毯子。当教堂的钟声响起来的时候,爸已经踏上了教堂的楼梯了。

　　不一会儿,爸就把马赶到马隆城的教堂里了。马棚长长的、矮矮的,正好围绕着广场周边。赶马的人可以从广场的门直接将马赶进广场。每一个在这个教堂管辖区范围内的人,都会在自己的经济状况允许下,租赁一个马厩。爸租的马厩是最好的。那个马棚子可大了,他可以把马直接赶进去,卸下来。马棚里有一个带饲料盒的槽子,空间很大,可以放干草和燕麦。

　　一想到不知还要多少年自己才能握着缰绳,像爸一样赶马,阿曼乐就觉得心里特别不是滋味。此时,阿曼乐帮着爸把毯子铺在马背上,而妈和姐姐们正在抖裙子上的尘土,并梳理裙子上的缎带。接着全家人一脸严肃地朝教堂走去,当他们走到教堂的台阶上时,教堂的大钟恰巧"哐当"地敲响了第一下。

　　之后,大家除了安安静静地坐在那儿,等着布道结束,就什么事儿也不能干了。布道的时间长达两个小时,阿曼乐将腿放在凳子边,十分酸疼。他很想打哈欠,却又

不敢，也不敢随便动。从始至终，他都端端正正地坐着，盯着牧师的脸和胡须。牧师的脸十分严肃，而胡须随着讲话一动一动的。阿曼乐一直想不明白，牧师布道的时候爸一直在仔细听着，为什么能知道自己没在仔细听？

终于，牧师的布道结束了。走出教堂后，在阳光照耀的外面，阿曼乐终于觉得好多了。每到礼拜天，男孩们就不能到处乱跑，也不能嬉笑打闹，更不能大声喧哗，只被允许轻轻地讲话。阿曼乐的堂弟弗兰克也在教堂里。

韦斯利叔叔是弗兰克的爸，他住在城里，拥有一间属于自己的薯粉作坊。他没有农场，平日里，弗兰克只能和其他的城里孩子一块玩。这天上午，他戴了一顶从店里买来的帽子。

帽子是由花格呢布料做的，上面有护耳，也可以扣在下巴上。弗兰克将扣子解开，对着阿曼乐，显摆地炫耀说这对护耳可以往上翻，扣在帽子顶端。他说这个帽子是他爸从纽约城的凯斯先生店里买来的。

阿曼乐还是第一次见到那样的帽子，他也很想拥有一顶。

罗亚尔说这是蠢得透顶的帽子。他对弗兰克说："既然这顶帽子可以扣在头顶上，那干嘛还要护耳朵？难道会有人把耳朵长在头顶上吗？"阿曼乐看得出其实罗亚尔也想

农庄男孩
Farmer Boy

要那样的一顶帽子了。

"这顶帽子值多少钱?"阿曼乐问道。

"五十美分。"弗兰克十分自豪地说。

阿曼乐知道自己是不可能拥有这样的帽子的。妈做的帽子十分舒适,又很暖和,再浪费钱到店里去买帽子,才是傻瓜呢!更何况五十美分也不是一笔小数目。

"一起过来看看我们的马儿吧!"阿曼乐邀请着弗兰克。

可弗兰克一脸不屑地说:"切!它们是你爸的马,才不是你的马呢!你连一匹小马也没有!"

"我马上就会有一匹属于自己的马了。"阿曼乐回道。

"那要等到什么时候?"弗兰克问。

就在这时,伊莱扎·简转身喊道:"阿曼乐,快过来!爸要套马了!"阿曼乐迅速地跟着姐姐跑了过去,弗兰克小声地在他身后喊道:"你连小马都没有,怎么会拥有自己的马儿呢!"

上了雪橇后,阿曼乐的心里就很郁闷。他想是不是只要长大了,就能要什么有什么?当他比现在还小的时候,爸驾马时还允许他牵着缰绳的两端。不过他现在已经不是小孩子了。他希望能自己驾马。爸允许他给性情温和的老马梳理鬃毛,把它们身上梳得锃亮锃亮的,他也可以驾着

老马拖耙土机。不过他不被允许走近精力旺盛的拉雪橇的马以及小马的马棚,连透过栏杆碰触马儿柔软的鼻子也不被允许,在它们的前额轻刮一下也是违规的。爸说:"你们这些小男孩要离小马远点。只要五分钟你们就能把它们教坏了,我可得再花好几个月才能驯好它们。"

当阿曼乐坐到饭桌前,看到礼拜天丰盛的午餐时,心情才好了一点点。盘子旁边放着面板,妈正在上面切着热气腾腾的黑麦玉米面包。爸把自己的勺子往鸡肉派上一插,划出几块又大又厚的面皮,然后把面皮带着酥香的金黄色的那一面翻了过来,放入盘子中。接着,他往上面浇了一层肉汁,又加上大片大片的鸡肉。下一步,他又往里塞了一些烤豆子,然后把一片软得发颤的肥猪肉铺在上面,最后他又往盘子的边缘布了些许暗红色的腌甜菜。做好这些后,他将盘子递给了阿曼乐。

阿曼乐默不作声地将盘子里的食物吃光了。接着,他又继续吃了一大片南瓜派。虽然觉得肚子已经饱了,他还是又往肚里塞了一个加了乳酪的苹果派。

吃完午饭,两个姐姐负责刷盘子,爸、妈和罗亚尔什么事也不用做。接下来整个下午,他们都坐在暖和得让人发困的饭厅里。妈在看《圣经》。伊莱扎拿着一本书研读。爸在打瞌睡,头一下一下地点着,有时候他会突然惊醒过

农庄男孩
Farmer Boy

来，身体猛地剧烈动了一下，又继续点着头睡着了。罗亚尔拿着他那不能削的木链子摆弄着。爱丽丝则两眼直勾勾地呆望着窗外。阿曼乐只能端端正正地坐着，什么事也不做。礼拜天是不能玩耍和工作的，这天是上教堂以及静坐的日子。

让阿曼乐高兴的是，干杂活的时间又到了。

训 牛

阿曼乐一直忙碌着给冰房加冰，连训练小牛的时间都没有。礼拜一早上他对爸说："爸，我今天可不可以不去上学？如果我再不驯这些小牛，他们很快就会把我教它们的东西忘光了。"

爸一边捋胡子，一边眨了眨眼镜，说道："如果你再不去上学，也会将学过的知识忘掉的。"

阿曼乐没想到这一点，他略略思考了一会儿说："好吧，我学的东西可比小牛多多了。再说，它们也比我年轻多了。"

爸的表情看起来十分严肃，不过他的嘴角抿着一缕微笑，妈赶紧帮阿曼乐说话："既然孩子想待在家中，就让他待着吧，就一次也没关系。而且他说的也没错，小牛确实需要训练。"

于是阿曼乐走进牲口棚，牵着小牛来到了外面的冰天雪地中。他在小牛的脖子上架了小牛轭，又将弓形的支架安上去，然后用木栓固定住了弓形的支架，再用绳子在小牛角上绕了一圈，系了起来。整个过程，他都是独自完成的。

这天的一整个早上，他都在谷场上，一点一点慢慢地后退，大声地喊："驾，驾！"然后又接着喊："吁！"每当星星和亮亮听到他喊"驾，驾！"的时候，就会殷勤地跑过来。而它们听到"吁"的时候，又会停下来，伸出舌头舔着阿曼乐握在羊毛连指手套里的萝卜块。

阿曼乐时不时地会拿出一根胡萝卜，胡萝卜最好吃的部位在外面一层，削成一圈一圈，又厚又硬，既清脆又香甜。里边的部位汁水较多，跟黄色的冰似的，不过味道很淡，也很怪。

中午的时候，爸说可以停止训练小牛了，因为小牛已经被驯了一上午了。下午他打算教阿曼乐如何做鞭子。

他们走到树林中,爸砍了一些灌木的树枝。阿曼乐将它们搬到爸位于柴房的工作室。爸开始教他怎么把树皮削成条状的树皮条,然后怎么编成鞭子。他先拿了五条树皮条,把它们的一段系在一起,然后将它们编成非常结实的、呈环形的辫绳。

一整个下午,阿曼乐都在爸的凳子旁边坐着。爸在刨盖房顶用的木板,阿曼乐坐在旁边细心地编着自己的鞭子,就像爸编制的那根又粗又大的黑蛇皮鞭。树皮条在他手上反过来又扭过去的,树皮外面的那层薄薄的东西就这样慢慢地脱落下来,最后只剩下里面那层又柔软又雪白的部分了。如果不是阿曼乐在树皮条上留下了许多污迹,这条鞭子将会是白色的。

在晚上做杂活前,他是没办法编完这根鞭子的,明天他又得去上学。于是他每天晚上都会坐在暖炉的边上,花点时间编鞭子,直到鞭子编到五英尺那么长。爸借了一把折刀给他,阿曼乐用它削出了一个木头的手柄,再用灌木的树皮条将鞭子绑在柄上。这样,鞭子就做好了。

这是一条非常好的鞭子,直到夏天来临前,它都不会干燥易脆。阿曼乐学着爸挥舞黑蛇鞭子那样噼里啪啦地挥舞着自己的鞭子,没过多久他就学会了。接下来该给小牛上一堂课了。

农庄男孩
Farmer Boy

现在他要教会小牛辨清左和右。每当他喊出"左"的时候，小牛就朝左边转，而当他喊"右"时，小牛又转向了右边。

准备好鞭子后，阿曼乐就开始训练小牛了。每个礼拜六的早上，他都会来到谷场里训练星星和亮亮。他从来不用鞭子抽它们，只会将鞭子举在半空中，抽出噼啪的响声。

训练动物的时候，如果动不动就打骂它们，它们是什么也学不会的。这个道理，阿曼乐懂得。即使它们犯错了，你也一定要温柔、安静、有耐性。星星和亮亮非常喜欢和依赖他，知道它们不会被他伤害。如果有一次它们被他吓到了，它们就不会性情温和、任劳任怨地勤奋工作了。

现在，每当他喊"驾、驾"和"吁"时，小牛们已经能听得懂他的话了。他也不用再拿着胡萝卜在它们面前了。他在星星的左边站着，所以星星是"近牛"；亮亮正站在星星的另一边，因此亮亮是"边牛"。

阿曼乐大声喝道："右！"并用力地将鞭子在星星的左边耳畔处抽得噼里啪啦响。星星尝试着躲开皮鞭，于是两头小牛都朝右转了过去。阿曼乐接着又继续说："驾，驾！"让它们安静地走了一小段路。

接着他又在亮亮那一边的空中抽皮鞭，发出噼啪的声响，同时喊道："左！"亮亮要闪开鞭子，于是两头小牛又朝左边转去。

有时候，它们会跳起来跑，这个时候，阿曼乐就会学着爸爸一样，用深沉而庄重的声音喊："吁！"如果小牛不停下来，他就会追到它们身后，扳住它们的头，将它们拧过来。每当出现这种情况，阿曼乐就会耐心地反复让小牛练习"驾、驾"和"吁"。

又是一个寒冷的礼拜六早晨，小牛们欢快地叫着，心情非常好。刚听到皮鞭的声音它们就迅速地跑开了，接着踢着后腿，在谷场中尽情地奔跑，发出"哞哞"的叫声。阿曼乐尝试着让它们停下来，不过它们直接从他身上跳过去了，导致他在雪地里打了好几个滚。这天上午，阿曼乐什么事也没干成，他被小牛气得全身发抖，连眼泪都顺着脸颊流了下来。

他想朝着放肆的小牛喊叫，狠狠地踢上它们几脚，或者用鞭子将它们的头乱抽一通，不过他不能这么做。他放下鞭子，将绳子绕在了星星的头上，让它们在谷场里走了两圈，练习"驾、驾"和"吁"，重新告诉它们，这分别是走和停的意思。

后来，他把这件事告诉了爸，心想：既然自己有这么

农庄男孩
Farmer Boy

大的耐性了,应该能给小马刷毛了吧?不过爸并不这么认为,他只是说:"儿子,就要这样。慢慢地,耐心地做事。继续保持,你很快就会有一对听话的公牛的。"

接下来的礼拜六,星星和亮亮已经能够完全听话了。阿曼乐不用再抽皮鞭,只要轻轻一喊它们就会听话。不过阿曼乐还是会将鞭子抽得噼啪响,他很喜欢这么做。

又到礼拜六,两个法国男孩——皮埃尔和路易斯来看望阿曼乐。皮埃尔是拉兹·约翰的二儿子,而路易斯则是法国佬乔伊的儿子。他们有许多兄弟姐妹,他们一起住在森林里的小房子里,平时都是以捕鱼、打猎以及采摘野果为生。他们不用去上学,不过他们经常找阿曼乐干活或者玩耍。

他们在谷场里,站在阿曼乐旁边看着他炫耀两头小牛。星星和亮亮表现得非常好,于是阿曼乐想出了一个非常妙的主意。他将生日礼物——漂亮的手推雪橇拿出来,用螺丝钻将雪橇前面的横杆钻出了个洞。然后他又拿出爸平时用的一条链子,从爸的大雪橇上拿下一根制轮的木楔,接着将雪橇套在了小牛的身上。在小牛轭的中间有个小铁圈,和大牛轭一样。阿曼乐将雪橇的扶手穿过圈,直到挨到把柄的小横木才停下来。小横木拉近了雪橇扶手和铁圈的距离。接下来他将链子的一端绑在铁圈上,另一端

077

则绕在横木的制轮木楔子上，固定住。

当星星和亮亮往前走动时，就能拉动链子，继而带着雪橇往前走了。而它们停下来时，雪橇冰凉的扶手会起到刹车的作用。

"路易斯，你现在跳上雪橇。"阿曼乐说。

"不，我的个子是最大的。"皮埃尔一边说着，一边将路易斯往后推了去，"我先滑。"

"不行。"阿曼乐说，"如果小牛们觉得负担很重，就会到处乱跑。让路易斯先滑吧，他轻一些。"

"不要，我不想滑。"路易斯说。

"最好你先滑。"阿曼乐对他说道。

"不。"路易斯还是坚持反对。

"你是不是胆怯了？"阿曼乐问道。

"是的，他很害怕。"皮埃尔肯定地说道。

"我不是害怕，就是不想滑。"路易斯说。

"他在害怕。"皮埃尔嘲讽着笑道。

"是啊！他在怕！"阿曼乐也附和着。

路易斯表示自己一点儿也不怕。

"你心里肯定怕得要命。"阿曼乐和皮埃尔说。他们嘲笑他是胆小鬼，像个没断奶的孩子一样，并且让他回自己家找妈。为了争口气，路易斯小心地爬上雪橇。

农庄男孩
Farmer Boy

阿曼乐将鞭子抽得噼里啪啦地响，大声地喊着："驾，驾！"

星星和亮亮飞快地跑了起来，可刚跑没多久它们就停了下来，回头探究后面拉的是什么东西，为什么这么沉？

阿曼乐没理会它们，继续喊："驾！驾！"星星和亮亮开始一个劲地往前拉。阿曼乐走到它们身边，抽响鞭子指挥道："右！"就这样赶着它们在场上跑了几圈。皮埃尔起先跟在雪橇后跑着，后来也跳上了雪橇，小牛们轻快地朝前跑，表现得非常好。阿曼乐见状，就打开了谷场大门。

皮埃尔和路易斯"噌"地从雪橇上跳了下来。皮埃尔说："它们会到处乱跑的！"

阿曼乐说："放心，我能管好我的小牛，没事的。"

把大门开了后，他又回到星星身边，"啪"地挥起鞭子，大声喊："驾！驾！"赶着星星和亮亮来到谷场外白茫茫的世界中。

他一会儿"左"一会儿"右"地高声喊着，赶着小公牛们跑过屋子，跑上大道。当他喊"停！"时，它们就乖乖地停住了。

皮埃尔和路易斯也兴奋了起来，一起快速地爬上雪橇。阿曼乐让他们给他腾出点位置，然后也坐了上来。阿曼乐在最前面，皮埃尔和路易斯依次一个抱着一个在他身

后坐着。他们伸出腿,悬在空中。阿曼乐得意地抽着鞭子喊:"驾!驾!"

只见星星和亮亮高高地抬起腿,飞快地跑起来,它们的尾巴几乎都飞到空中去了,雪橇也"嗖"地一声向前飞去。

牛儿们边跑边"哞哞"地叫着。它们飞奔的后腿和尾巴在阿曼乐的面前"刷刷刷",都快飙到阿曼乐的头顶上了。"吁!"阿曼乐喊道。

但是停不下来。牛拉雪橇的速度比自己往下滑雪可快得多了。树木、雪地、牛儿们的尾巴在眼前快速地交错。雪橇飞快地滑过大小不一的雪坡,每当雪橇下滑时,阿曼乐都紧张得牙齿咯咯作响。

亮亮跑得比星星还快,它们跑得偏出了大道,雪橇快要翻倒了。阿曼乐着急地大声喊道:"左!左!"可他还没喊完,就听到"砰"的一声,他已经栽进雪堆里了。雪塞满了他的嘴巴,他一口吐了出来,在雪地上打了个滚后爬了起来。

四周静悄悄的,一个人也没有。小牛们和雪橇都不见踪影了。皮埃尔和路易斯也从雪堆里爬了出来。路易斯用法语大声咒骂,阿曼乐没理他。皮埃尔吐出一口雪来,擦净脸上的雪,说:"主啊!阿曼乐,你说过你能驾驭得了小牛，它们不会乱跑，不是吗？"

透过石围栏，阿曼乐在路的另一边看到了小牛们红色的脊背，它们快被雪堆埋没了。

"它们没跑走，"他对皮埃尔说，"看！它们就在那儿！"

他跑过去看小牛们的情况。在雪堆外能隐约可见小牛的头和背。牛轭都摔弯了，它们套在弓形支架里的脖子朝外歪着，眼睛瞪得大大的，一副茫然的样子，似乎在互相问着对方："咦，刚刚发生了什么事？"

皮埃尔和路易斯帮着阿曼乐从雪堆里挖出小牛和雪橇。阿曼乐掰直了牛轭和链子。接着，他走到小牛们面前说"驾！驾！"皮埃尔和路易斯也配合着在后面用力推着。在三人的齐心协力下，小牛们终于爬上了路，阿曼乐牵着它们往谷场走去。它们乖乖地跟着阿曼乐。阿曼乐走在星星旁边，在它耳边挥动着鞭子，大声叫喊，无论他发出什么指令小牛们都会跟着做，听话极了。皮埃尔和路易斯也跟在后面。出事故后，他们都不敢再坐小牛拉的雪橇了。

阿曼乐把小牛牵回到牛棚，各给它们喂了一根干玉米棒。他仔细地把牛轭、链子和制轮木楔分别擦干净，放好位置，还把鞭子挂到了钉子上。做完这些活，他邀请皮埃尔和路易斯一块去山上滑雪。接着，他们就去滑雪了，一

直滑到干杂活儿的时候。

那天晚上,爸问他:"你今天下午是不是遇到了什么麻烦事,儿子?"

"没有啊,"阿曼乐说道,"不过我刚刚想到一件事,我要教星星和亮亮拉雪橇。"

接下来的几天,他果真在谷场里训练起小牛来。

一年之计在于春

天渐渐地昼长夜短起来了！爸说："当白天越来越长，天气就要暖和起来了。"

很快，南边和西边山坡上的雪开始融化了。每天中午，冰柱融化出来的水慢慢地往下滴，树中的汁液开始往外渗。和往年一样，这个时候，该做枫糖了。

早上太阳没升起来时，天非常冷，阿曼乐就已经和爸一起出发，去枫树林。爸和阿曼乐的肩上都各扛着一根扁担，爸的很大，阿曼乐的则小一些。扁担的两端各挂着根

树皮条，树皮条上都钉着几个大大的铁钩，而铁钩上都挂着个大木桶。

爸在每棵枫树上都钻了个小洞，在洞上插了一根很小的木管，又香又甜的枫树汁就顺着木管流入小桶了。

等小桶里盛满汁液了，阿曼乐负责将其倒入大桶中。大桶很沉，压在他身上晃来晃去的，他用手稳住大桶，它才晃得不那么厉害。当大桶里的汁液满了，他会再将这些汁液一股脑倒进大锅里。

大锅悬在两棵树之间架着的一根木杆上。爸在锅下生了旺盛的篝火，用来煮枫树的汁液。

每年冬天，阿曼乐都喜欢来寒冷的野生树林。他吃力地踩着树林里的雪，走过的地方留下了一串串的脚印。他忙着将小桶里的汁液倒进大桶，渴了就喝些桶里清凉的、带着淡淡甜味的汁液解渴。

他喜欢待在烧得正旺的火堆旁，顺手拿根木棍拨木柴，火花飞舞起来，将他冻僵的小手和小脸烤得暖洋洋的。锅里的汁液发出诱人的香味，没待多久阿曼乐就又往树林里去了。

中午的时候，所有的枫树汁都在大锅里煮了。该吃午饭了！爸打开午餐饭盒，和阿曼乐就一起坐在木头上，边吃午饭边聊天。他们背靠着一堆木头，脚挨着火堆。尽管

农庄男孩
Farmer Boy

周围全是冰雪和荒林,他们还是觉得十分舒服惬意。

吃过午饭,爸留在火堆旁看汁液。阿曼乐则负责去树林里采鹿蹄草浆果。

红艳艳的浆果就长在覆盖着雪的山坡上。厚厚的鹿蹄草将成熟的浆果裹得严严实实的。阿曼乐摘掉手套,光着手扒开最上层的积雪,拔出一串串红浆果,顺手塞了一嘴。牙齿将浆果咬得嘎吱嘎吱响,一股香甜的果汁在牙缝间流蹿。这样的场景让人最开心了。

挖雪过程中,阿曼乐裸露的小手指都冻得发僵了,衣服上沾满了雪。不过他并没有退回到火堆边去。他要走遍整个南面山坡,挖出所有的鹿蹄草浆果。

又过了一会儿,太阳已经藏到了枫树身后去了,爸抓了几把雪覆在火堆上,熄灭了火苗,从火堆上立时冒出阵阵的烟来。爸将煮得滚烫滚烫的糖浆倒入木桶里。跟阿曼乐一起,和来时一样,用扁担挑着回家了。

回到家后,他们将这一天的成果——那一大桶糖浆,倒进妈放在灶台上的大铜壶里。倒完后,爸又回到树林,将剩下的糖浆挑回来,阿曼乐则待在家干杂活儿。

吃完晚饭,就要开始把糖浆做成糖块了。妈舀出糖浆,倒进大奶锅里,放着慢慢冷却。第二天早上,打开奶锅就可以看到一块块圆圆的、呈金黄色冻好的枫糖了。妈

会取出枫糖,放在食物储藏室架子的最顶层。

  每天都会有树液流出来,早上阿曼乐就跟着爸去树林里采汁液,将它熬成糖浆。晚上,轮到妈把糖浆做成枫糖块。很快他们就做足了够吃一年的糖块。最后一次妈并没将糖浆做成糖块,而是放到罐子里封好,贮藏在地窖里。这一罐糖浆今天就要用。

  放学了,爱丽丝一到家,闻到阿曼乐身上的味道,就大叫起来:"哦,你刚刚吃鹿蹄草浆果了,身上还留着那味道呢!"

  她觉得这很不公平,她每天都得去学校,阿曼乐却可以跟着爸去树林里采糖浆,还能吃到鹿蹄草浆果。

  她不平道:"所有好玩有意思的事都被男孩子做去了。"

  她让阿曼乐答应她不再去采牧羊场和鳟鱼河畔南边山坡的浆果了。

  礼拜六他们一块去山坡上挖浆果吃。每当找到一串红色的浆果,阿曼乐就大声嚷,而爱丽丝会放声叫。他们有时会分着吃,有时自己将找到的浆果吃完。一整个下午他们都跪在南面山坡的雪地里,光着手挖鹿蹄草浆果吃。

  回家时,阿曼乐提了一大桶鹿蹄草带回去,爱丽丝将它们取出来,塞进一个大瓶子,密封起来。妈又往瓶子里倒了些威士忌酒,然后存好。这瓶鹿蹄草,可以拿来做鹿

农庄男孩
Farmer Boy

蹄草口味的蛋糕呢！

积雪每天慢慢化着。雪松和云杉抖掉盖在它们身上的积雪，橡树、枫树与桦树也不甘示弱，它们的光树枝也已经露出来了。屋檐上的冰柱化了，水一滴滴地落下来，最后，干脆整个"咣当"地栽到地上。

地上的雪也化了，再也遮不住地面暗黑的斑迹了。路面上还有些地方覆盖着没化完的白雪，它们被人们踩得太结实了。而一些建筑物和木堆的背阳处也留着一点儿雪。这个冬季的学期已经结束了，春天要来了。

一天早上，爸驾着马车去马隆城。中午还没到，他就急匆匆地赶回来了，老远的地方就听见爸的喊声："纽约的土豆购买商要到城里来了！"

罗亚尔立即跑去帮爸把马套在大篷车上，爱丽丝和阿曼乐则跑去将放在柴房里装谷物的篮子取出来，"叽里咕噜"地将它们从地窖里的楼梯滚下来，再匆匆忙忙地给篮子装满土豆。当爸驾着篷车来到厨房门廊时，他们已经装完两篮的土豆了。

接下来比赛开始了。爸和罗亚尔迅速地将爱丽丝和阿曼乐装好篮的土豆从地窖抬出来，倒进篷车。爱丽丝和阿曼乐希望自己装篮的速度快过爸和罗亚尔搬篮子的速度。

阿曼乐很希望自己能装得比爱丽丝快，可惜他办不

到。爱丽丝装篮的速度太快了,她转身的时候,蓬裙还在身后摆动呢。她的卷发有时会甩到脸上,她索性用手将它们往后一甩,结果却不小心把脸弄脏了。阿曼乐嘲笑她变成大花脸,爱丽丝也嘲讽阿曼乐:"光顾着说我,也不自己照照镜子?你比我更脏呢!"

他们飞快地给篮子装满了土豆,爸和罗亚尔根本不用等。很快篷车里就塞满了装好篮的土豆了,爸又匆匆忙忙地驾着马车去城里了。

下午三四点时,爸回来了。趁着爸吃中午剩饭的时间,罗亚尔、阿曼乐与爱丽丝又一起将大篷车装满了土豆,接着爸又拖着一车土豆急急忙忙地赶向马隆城了。那天晚上罗亚尔、阿曼乐在爱丽丝的帮助下干完了一些杂活儿。爸没有回来吃晚饭,直到阿曼乐上床睡觉时他都还没回来。罗亚尔一直坐着等爸。深夜里阿曼乐听到了大篷车回家的声音,罗亚尔帮爸为累极了的马儿刷毛,马儿们拖着沉沉的大篷车足足跑了二十英里远的路啊。

第二天和第三天的早上,天还未亮他们就已经就着烛光装车了,好保证爸能赶在太阳升起前把第一车土豆拉去城镇卖。第三天装土豆的火车离开了纽约城,这时爸的土豆已经全在火车上了。

"一蒲式耳的土豆值一美元,我们一共赚了五百蒲式

农庄男孩
Farmer Boy

耳。"吃饭时,爸对妈说,"我和你说过,去年秋天土豆的价格很低,今年肯定会涨价的。"

这代表爸的银行账户中又多出五百美元。全家人都为爸骄傲,他种的土豆质量极好,更难得的是他非常了解土豆的行情,何时囤积、何时出售最合适,他总能摸得一清二楚。

"这太好了。"妈笑着说。

"好吧,现在土豆都卖出去了,明天一大早我们就开始打扫屋子吧。"

阿曼乐最不喜欢打扫房间了。他得费劲地将钉在地毯边缘的平头钉都拔出来,地毯足足有几英里长呢!拔完后,他还得把地毯挂到屋外晒衣服的绳子上,拿着一根长长的棍子打掉地毯上的灰。小时候他调皮地把地毯当做帐篷,躲藏在底下玩,可现在他却要不停地用棍子拍打着地毯,直到拍干净上面的灰尘。

房间里的东西全都要移动,洗刷干净,直到闪闪发亮。窗帘全都要卸下来,羽毛床垫都要拿到屋外去透气,毯子和被子也得全清洗一遍。从早到晚,阿曼乐都没停下来,汲水啊,拿木头啊,把洁净的草铺在刷得干干净净的地板上,再帮妈将地毯铺在地板上,然后要把拔出来的钉子再钉回地毯边缘。

这些天阿曼乐一直在地窖里工作。他帮着罗亚尔清空装着蔬菜的筐子，将烂的苹果、胡萝卜与白萝卜从好的里边挑出来，再将好的放入妈洗刷干净的几个筐子里，最后把剩下的几个筐搬进柴房贮藏起来。

他们拿出了所有的瓶子、壶、罐子，整个地窖都被搬空了。接着妈又将墙和地板都洗刷了一遍。罗亚尔在装着石灰的桶里倒满水，阿曼乐不停地搅拌，直到石灰不再冒出泡来，变成白色石灰水。再接下来他们就用这些石灰水刷白了整个地窖。真是太好玩了。

"我的天哪！"他们上楼的时候，妈看着他们说，"你们这是在给地窖里的墙刷石灰，还是往自己脸上抹灰呢？"

刷好的地窖，待石灰粉干了，就会变得非常洁白，显得特别清新、整洁。妈拿出奶锅放到刷洗干净的架子上，黄油盆已经被沙子搓得直发亮，在太阳底下晒干。阿曼乐把它们一排一排地摆在洁净的地窖地板上，以备盛夏天的黄油。

外面春暖花开，紫丁香的花开了，树上的积雪也悄无声息地融化了，紫罗兰和金凤花在绿茵草坪上竞相开放。鸟儿们将爱巢筑在树上。下田工作的时间到了。

春天到了

天还没有亮的时候,全家已经吃完早餐。沾满露珠的牧场上,太阳正冉冉地升起。马儿们被阿曼乐从牲口棚赶了出来。

他要站到箱子上,才够得着将沉甸甸的项圈挂在马脖子上,再将缰绳穿过马儿的耳朵套在马儿身上。尽管他个子小,但他很早就已经学会驾马了。只不过爸还不允许他碰小马驹,也不允许他骑还未被驯服的壮马。因为他现在大些了,可以帮忙干活了,所以爸准许他骑温顺的老

马——贝斯和美丽。

这是两匹既聪明又稳重的母马,它们并不像小马般在牧场上到处乱蹿乱叫,只会往四处看一下,再趴下来打上一两个滚,就埋头吃草了。当阿曼乐给它们套马具时,它们会一前一后安静地跨过牲口棚的门槛,闻着春天的气息,慢慢地等阿曼乐系紧缰绳。阿曼乐将要十岁了,但还没有这两匹母马的年龄大呢!它们有着丰富的耕田经验,不会踩着田里的庄稼,田也耕得整整齐齐的。耙完田后,它们还会自觉地调头。阿曼乐觉得驾着它们干活儿十分好玩。

阿曼乐将耙田机套在它们身上。去年秋天,这些田都已经犁过了,还撒了肥料。现在要将块状的泥土耙得更加松软平整。

贝斯和美丽乖顺地往前拉,速度控制得十分好。它们窝在马棚里一整个冬天了,春天里能出来劳作,显然十分开心。它们来回地耙田,阿曼乐紧抓着缰绳跟在它们后面。当一行耙完后,阿曼乐就让马儿们调头,接着调整好耙田机,避免重复耙同一行。之后他会向着马儿的屁股抖动下缰绳,大声喊声:"走!"马儿们就又接着拖铁耙向前走。

农庄男孩
Farmer Boy

村里的其他小孩也在耙田,让阳光照耀到潮湿的泥土。远处的北方,圣劳伦斯河像银色细流般流向天边。森林里葱郁一片。石墙上的鸟儿唱着欢乐的歌谣,松鼠则欢快地嬉戏。阿曼乐吹着口哨走在马儿身后。

阿曼乐把整块田横竖各耙了一遍。铁耙前呈尖状的铁齿在泥土里耙了很多遍,耙散了土块,泥土变得又软又碎又平整。

慢慢地,阿曼乐觉得饿了,并且越来越饿。时间过得真慢,午餐什么时候能吃上呢?他已经数不清自己走了多少路了。太阳看起来一动不动,地上的阴影也好像没有变过。他的肚子饿得已经开始咕咕直叫了。

阿曼乐耙了很多很多行。太阳总算爬到了头顶上方,地上的阴影也不见了。他总算等到了渐渐从远处传来的号角声。锡罐"午餐大号角"被妈吹响了,阿曼乐非常高兴。

贝斯和美丽的耳朵都竖起来了,步伐也轻快了。耙到屋子旁的田边,便停下来。阿曼乐将系在马儿身上的缰绳解开卷好,把铁耙放在田里,爬上了美丽宽大的马背。

他一路骑着马儿来到水房,喂马儿喝饱了水,再牵着它们走进马房,取下辔头,喂它们谷物吃。经验丰富的骑

手总会先照顾好马匹，然后自己才会去吃东西或休息。

午餐的味道太好了！他大口大口地吃！爸一直给他夹菜，妈还笑着递了两块馅饼给他。吃过午饭，他继续到田里干活，觉得舒服多了。不过，下午过得似乎比上午还慢。太阳落下山时，他来到牲口棚帮忙干活。这样干一整天，他几乎累趴下了。吃晚饭时，他都打瞌睡了，于是一吃完饭，他就到楼上睡觉去了。躺到柔软的床上后，他感觉非常舒服，被子都还没盖好，就进入了梦乡。

似乎仅仅睡了几分钟，楼梯上妈的烛光又亮起来了。妈催阿曼乐起床。又是崭新的一天来到了。

一年之计在于春，他们可不能把时间浪费在休息和玩耍上。大地呈现出一片勃勃生机。野草、刺蓟、葡萄藤、灌木以及树苗都抢着占领地盘。庄稼人只好拿起铁耙、犁和锄头铲除它们，好及时在田里播撒优良的种子。

这场大战中阿曼乐表现得十分英勇。他一天到晚都不停地耕作，睡醒后又开始新一天的劳作。

他将土豆田耙得软软的平平的，还认真地拔除了每一株杂草。接着他又和罗亚尔一块将地窖木桶里的土豆种搬出来，切成一片一片的，每片都留下两三个芽孔。

土豆会开花结籽，然而没人知道土豆种会长出什么样的土豆。同一个品种的土豆都是在同一块土豆片中长出来

农庄男孩
Farmer Boy

的。土豆种是根茎的一部分，并非种子。土豆切成片后播种在地里，就会长出很多同样的土豆。

每个土豆上都有几个很像眼睛的小凹痕。顺着这些凹痕，土豆的根会长进泥土里，嫩芽则迎向太阳，往地面上生长。在它们还没有能力从土壤和空气中获取养分前，它们都是从土豆片上汲取养分的。

爸在田地里用一根圆木做记号。圆木上钉着一排木钉，每根木钉之间都隔着一米远。让马儿横拖着圆木往前走，木钉就会在田里留下一道小小的犁沟。等爸给横向和纵向的犁沟都做了记号后，一个个小方块就会出现在田里。这样，就可以开始播种啦。

爸和罗亚尔拿锄头，爱丽丝和阿曼乐则提土豆桶。阿曼乐走在罗亚尔前面，爸跟在爱丽丝后面，大家都沿着犁沟朝前走。

在每一个犁沟交叉处，阿曼乐会放下一片土豆。土豆片一定要放在交叉点正中，好种成一条直线，便于日后犁地。接着，罗亚尔给土豆盖上泥土，再用锄头压实泥土。爸和爱丽丝同样也这么做。

播种土豆真好玩！翻新的泥土和着四叶草飘来一阵又一阵的清香。爱丽丝的头发被微风吹拂着，圆蓬裙则被吹得不停摇摆。这时的她非常活泼可爱。爸也特别愉快，大

小木屋的故事
Little House Books

家边聊天边干活儿。

阿曼乐和爱丽丝都想快些播种好土豆片,这样将一排播好后,他们就可以趁着这点时间去找鸟窝,或者将蜥蜴赶进石缝里。不过,爸和罗亚尔总是紧紧地跟在他们身后。爸说:"加油,孩子们,动作利索点!"

于是,他们只好加快了速度,将爸和罗亚尔远远甩在后面。这时,阿曼乐摘下了一根草茎,将两端捏住,放在唇畔,吹出非常响亮的声音。爱丽丝也尝试着吹,可怎么也吹不出声音来。但是她会噘着嘴巴吹口哨。罗亚尔戏弄她:"吹口哨的女孩与咯咯叫的母鸡,是不会有好下场的。"

一整天,他们都在田里走来走去。整整三天后,土豆总算播种好了。

接下来爸又开始播种谷物。种的麦子,可以用来做白面包,而黑麦则可以用来做成黑麦玉米面包。种的燕麦与加拿大豌豆,等明年冬天来了,可以喂给牛马吃。

爸播种谷物时,阿曼乐就让贝斯和美丽拖着铁耙,带着它们跟在爸后面,将种子耙进土里。阿曼乐还没学会播种谷物,经过长时间的反复练习后,他才能把种子播撒得均匀。这不是一件简单的事。

一袋沉重的谷物种子压在爸的左肩上,爸边走边从袋子里抓了一把种子出来,手臂一挥,手腕一甩,种子

农庄男孩
Farmer Boy

就顺着他的指尖飞散出去。爸的动作十分协调，种子总能整整齐齐、一点儿也不偏地均匀散落在田里。

种子非常小，落在地上后就看不见了。只能等到种子发芽，才能知道播种人的水平高低。爸讲了一个懒惰、没出息的小男孩播种的故事给阿曼乐听。这个男孩讨厌干活儿。大人交待他播种，他将整袋的种子全都倒进田里，就去游泳了。大家都不知道他究竟干了什么。可是种子和土地是知道的。当这个小孩快将自己做的坏事忘记时，种子和土地将他的行为大白天下——土地上长满了杂草。

播种好谷物后，阿曼乐和爱丽丝接着播种胡萝卜。他们的肩膀上扛着和爸的一样却小一些的种子袋，袋子里装满了又红又圆的胡萝卜籽。爸之前已经用圆木在田里做好了一排排标记。这次每个标记之间相隔四五十厘米。阿曼乐和爱丽丝都背着种子袋沿着田里长长的犁沟来回播种。

天气开始变暖了，他们光脚踩在柔软的泥土上非常舒服。他们把胡萝卜籽撒到一排排犁沟里，再用脚将泥土堆到种子上，最后轻手轻脚地将泥土踩平。

阿曼乐是看得见自己的脚的，可爱丽丝的脚被裙子遮住了。她的圆蓬裙下摆像一把撑着的伞，她必须将裙子往后拉，弯下身，才能将种子撒在犁沟里。

阿曼乐问她是不是很想当男孩，她一会儿说是的，一

会儿又改口说不想。"女孩子比男孩子漂亮，男孩子不能扎绸带。"她说。

"我才不关心自己漂不漂亮呢。"阿曼乐说道，"而且我也不喜欢扎绸带。"

"不仅是这样，我很喜欢做黄油，以及缝被褥。我还对做饭、缝纫、纺纱很热衷。男孩子不会做这些。更何况，虽然我是个女孩，我还是可以和你一样播种土豆、胡萝卜，以及骑马。"

"可是你不会用草茎吹口哨。"阿曼乐回道。

一排播种完后，阿曼乐看着白蜡树上长出的一些皱皱的新叶，问爱丽丝知不知道播种玉米在什么时候。爱丽丝说不知道，于是他跟她说，等到这些树叶长到几乎和松鼠耳朵一样大的时候，播种玉米的时间就到了。

"要多大的松鼠呢？"爱丽丝问。

"和普通的松鼠一样大。"

"看，那边的树叶已经长得像小松鼠的耳朵那么大了，可是现在还没到播种玉米的时间。"

阿曼乐顿了顿，继续说道："小松鼠是小松鼠，不是松鼠。"

"可它和松鼠一样——"

"不是这样的。小猫是小猫，小狐狸是小狐狸，所以小松鼠是小松鼠。和松鼠不一样。"

"哦。"爱丽丝懵懂地回答道。

当白蜡树叶长得足够大时,阿曼乐开始帮着爸播种玉米了。玉米田里已经有一道道犁沟了。爸、罗亚尔与阿曼乐一块将玉米种子播撒到田里。

装满玉米种子的袋子系在他们的腰间,看起来就像系着围裙,他们的手中还各拿着锄头。他们用锄头在每一个犁沟相交的地方锄下去,挖下了一个浅坑,并撒两粒玉米种子在坑中,接着用泥土将浅坑盖起来,再压实泥土。

爸和罗亚尔干活的速度非常快。他们的手臂动作和锄头配合得非常和谐。挖三下后,轻拍一下;挥一挥手臂,铲一下锄头,继续拍两下,一坑玉米就种好了。接着他们迅速地朝前跨出一大步,继续播种。

这是阿曼乐第一次种玉米。他还不怎么会用锄头。每种完一坑,爸和罗亚尔只需向前迈一大步就可以开始种下一坑。但阿曼乐要迈两步。爸与罗亚尔都比阿曼乐干得快多了,他总是赶不上。每一次爸或罗亚尔都要帮着阿曼乐种完他那排玉米,三个人才可以一起种下一排。但是,阿曼乐知道,等自己的腿再长得长一点儿,他就可以种得像他们那么快了。

滑稽的旧货郎

有天晚上,太阳下山后,阿曼乐见到一匹白马拖着一辆亮红色的大型货车朝着自己走来。于是他大声叫道:"旧货郎来了!旧货郎来了!"

爱丽丝飞快地跑出鸡圈,她围裙里满满一兜的鸡蛋都还来不及卸掉呢!妈和伊莱扎·简也站到了厨房门口。罗亚尔大步冲出水房。小马驹们将头搭在了马棚的窗户边,朝着那匹白色的壮马大声地叫。

旧货郎名叫尼克·布朗,他很胖,也很风趣,不仅会

农庄男孩
Farmer Boy

讲故事,也会唱歌。春天,他驾着马车一路沿着乡道走,带来周边的各种消息。

他的马车像座小房子,在高高的车轮间摇来晃去。马车的两边各开了一扇门,后面搭着块斜木板,木板接连在马车顶部,好像小鸟的尾巴。车体亮红中带着亮黄的条纹。健壮白马的臀部上面放着张红色座椅,尼克·布朗就坐在上面。

当马车在厨房的门廊前停下来时,阿曼乐、爱丽丝、罗亚尔与伊莱扎·简全都迫不及待地等在那里,妈微笑地站在旁边。"布朗先生,你好!"她说,"晚饭准备好了,你把马拴好后进来坐吧。"这时,牲口棚里传出爸的声音:"车就赶到马房里吧,尼克,这里比较宽敞!"

阿曼乐将白马的马具解开,带着它来到水槽边喝水。等它喝完水,又将它拴进马棚,喂它吃了两匹马份量的燕麦和大量干草。布朗先生先是认真地将它的毛发梳理了一遍,又用干净的布给它擦了一遍。这个过程中,他看到阿曼乐家的牲口,顺便说了些自己的观点。他很喜欢"星星"和"亮亮",也很欣赏爸的小马。

"这些快要四岁的马匹一定能卖出好价钱。"他对爸说,"在萨拉那克湖另一头,纽约的买家就喜欢买这种可以拉车的健壮马匹。上礼拜有个买家买了批马,每匹都花

101

小木屋的故事
Little House Books

了两百美元呢！他的马匹远远没你的这么好。"

阿曼乐不敢在大人谈话时插嘴，不过布朗先生说的话，他每句都记下了。他知道，吃过晚餐，就会迎来快乐的时光了。论讲故事和唱歌，尼克·布朗称第二，就没人敢称第一了。他会讲许多有趣的故事，唱许多好听的歌。这不仅是他对自己的评价，大家也都十分认同。

他说，"别说和一个人比，即使和一群人比，我也丝毫不会输。只要有人和我比，我都会讲一个又一个故事，唱一首接一首歌。赢了所有人，我还能最后唱完一首歌，讲完一个故事。"

爸明白这是真的。在马隆城凯斯先生的小店里，他就亲耳听过尼克·布朗进行唱歌和讲故事比赛。吃过晚饭，大家就围坐在火炉旁，听布朗先生讲故事。已经九点多了，大家还没准备去睡觉。阿曼乐笑得两肋都发疼了。

第二天一早，吃完早饭，布朗先生就给马车套上那匹白马，赶着车来到厨房的门廊前，打开了车厢的红门。

马车的内部，布满了用镀锌铁皮制成的东西。成套锃亮的铁桶、平底锅、蛋糕烤盘、烙馅饼盘、脸盆、面包烤盘和洗碟盆摆满了墙上的架子。架子最顶部，还有各式各样的杯子、油勺、漏勺、蒸锅、滤锅、过滤器，以及刨丝刀悬挂在上面。除了这些，还有号角、小馅饼、盘笛子、

农庄男孩
Farmer Boy

玩具盘与各种各样用铁皮制成并涂上鲜艳色彩的小动物。这些东西全是冬季时，布朗先生亲自动手做的，每一个东西都是用厚厚的镀锌铁皮精工细作，最后焊接牢固的。

妈从阁楼上搬出一大袋装着碎布的袋子，这是她去年积攒的碎布，她将它们一股脑全倒在厨房前的走廊上。接着，他们开始交易了！妈看着那些闪闪发亮的锡器，布朗先生也认真地检查优质干净的、由羊毛或者亚麻制成的碎布。

他们商议了很长时间，走廊里铺满了闪亮闪亮的锡器和一堆一堆的碎布。每当布朗先生多加一堆碎布时，妈就要求布朗先生给更多的他不愿意给的锡器。他们相处得非常欢快：开对方的玩笑，一直讨价还价。最后，布朗先生终于说："好吧，夫人，我将把奶锅、奶桶、漏勺、滤锅和三个烘烤盘给您，不过洗碟锅可不能给您。这是我力所能及的最好条件了。"

"太好了，布朗先生，"妈高兴地回答，"实在太出乎我的意料了。"她得到了自己要的所有东西。阿曼乐明白妈其实不需要洗碟锅，只是拿它来当谈判的价码。这下，布朗先生明白过来了，他先是吃惊，马上又敬佩地看着妈。妈是一个非常精明的交易者，连布朗先生都比不过她呢！不过布朗先生也很满足，因为他用锡器换到了非常优

质的碎布。

他将碎布捆成了大包,扔到马车后倾斜的那个平台上。平台是专门用来放碎布的,四周都围着栏杆。装完后,布朗先生搓搓自己的手,看了看四周,笑着说:"现在,容我猜猜这些小朋友喜欢什么吧。"

他送了伊莱扎·简六个钻石形状的小馅饼盘,给爱丽丝的礼物是六个心形的小馅饼盘。阿曼乐则得到了一个红色的锡角。他们拿着礼物一起感谢:"谢谢布朗先生。"

接着,布朗先生就跨上自己高高的坐骑,拿起缰绳。这匹白马此时已经吃饱了也休息够了,迫不及待地想走。红色的马车从房子旁驶过,东颠西倒地驶上了马路,布朗先生吹响了哨子。

这一年,妈一直在用这些锡器,阿曼乐也总是吹着刺耳的锡角。而布朗先生在离开时吹的口哨,一直回荡在森林和田野里。第二年他再次来前,大家都记着他的新闻和笑话带来的快乐,阿曼乐在一群群的马后面,哼唱着布朗先生唱的歌。

流浪狗

尼克·布朗曾经说过纽约的买家就在附近,所以每天晚上,爸都会给这些马精心梳洗一番。爸发现阿曼乐非常想帮忙梳洗,就放手让他去做了。但阿曼乐也只有在爸在场时才能进入马厩。

阿曼乐仔细地梳刷着它们闪闪发亮的棕色两肋、光滑的圆臀和修长的马腿,并用干净的布给它们按摩。他梳理着它们那黑色的鬃毛和那长长的尾毛,并编上了辫子。他还给那曲线状的马蹄抹上了油,用一把小刷子刷得闪闪发

亮，就像妈擦得锃亮的炉子。

他是如此小心地照料它们，从不会使它们受到惊吓。在工作时，他会用温柔的、低低的声音与它们交谈。这些小马驹用它们的嘴唇轻咬他的衣袖，用鼻子轻轻地摩擦他口袋里带来的苹果。当阿曼乐抚摸着它们柔软的鼻子时，它们会弯下脖子，眼睛也会放出光芒。

阿曼乐清楚地知道在这个世界上没有任何东西能比得上这些漂亮的、令人着迷的马驹。一想到还得好多年，他才能拥有自己的小马驹来照料，他就感到难受。

一天晚上，一位买家直接骑进了牲口棚的院子。这是位陌生的人，爸从没见过他。他穿着机织布做的衣服，用一条红色小鞭轻轻拍打着他的高筒靴。他那双黑色的眼睛与他那瘦小的鼻子挤到了一起，他那黑色的络腮胡子修剪成了尖尖的形状，还在小胡子两边的末梢涂上了蜡，扭得又尖又翘。

爸把小马驹都放了出来。这些小马驹都是漂亮的莫干品种马，大小一样，形状一样，都是遍身油亮的棕色毛，每匹马的前额上都有一块白色的星状。它们弓起它们的背，轻巧地抬起它们的前蹄。

"五月便四岁了，它们拥有圆润的声音、健全的四肢，身上没有任何瑕疵。"爸说，"双人骑、单人骑都是没有问题的。精神头好，精力充沛，还像小猫一样温顺，女士也能驾驭得了它们。"

阿曼乐听着，他很兴奋，他记得爸与买家说的每一个字。总有一天，他要自己去交易马驹。

买家摸摸马驹的腿，张开它们的嘴，看看它们的牙齿。爸并不感到惊慌，因为他没有谎报它们的年龄。当爸用一根长绳带领每匹小马驹慢走、小跑、疾驰时，买家便向后倒退注视着它们。

"看看它们的表现。"爸建议道。

它们那闪闪发亮的黑色鬃毛与尾毛在空气中呈现出了细浪状。一道道棕色的光芒流淌在它们光滑的全身，它们那精致的小脚就好像悬浮于地面之上。它们一圈一圈地前行，就像一曲优美的曲调。

买家注视着，试图找到缺点，但并没找到。小马驹安静地矗立着，爸也耐心地等待着。最后买家报出了每匹小马驹一百七十五美元的价格。

爸说他不能接受低于二百二十五美元的价格。阿曼乐知道他为什么那样说，因为他想最后以两百美元成交。尼克·布朗曾说过买家会支付得起那样的价格。

接着，爸便把马驹拴在了马车上，他和买家都坐了进去，马车便朝大路驶去。马驹的头抬得很高，鼻子也

向外舒展着。它们的鬃毛、尾巴随着风飘扬起来。它们那飞驰的双腿一起朝前移动。在短短的一刹那间，小马车便消失在视线中。

阿曼乐知道自己必须继续做那烦人的家务。他走进了牲口棚，拿起了那把干草叉，又把它放下，走出牲口棚等待着小马驹的归来。

当他们归来时，爸并没有和买家谈妥价钱。爸用手拽拽自己下巴上的胡须，而买家也用手捻了捻自己上唇的小胡子。买家谈起了把小马驹运到纽约所要的费用，又谈到在纽约的价格是如何低，因此他不得不顾及到所能赚取的利益。他所能给的最高价格是一百七十五美元。

于是，爸接话道："那我们就互相让步。两百美元是我能接受的最后价位。"

买家想了想回答道："我无法接受这样一个价位。""那好吧，"爸说道，"我不强求你接受，同时我们将很高兴地邀请你留下与我们共进晚餐。"

于是他便解开了这些小马驹。买家又开始说道："在萨拉那克，以一百七十五美元的价钱便能买到比这更优质的小马驹。"

爸并没有接话。他解开了这些小马驹，并把它们引回到马厩里。这时买家便按耐不住了："好吧，好吧，就两百吧，我就吃点亏，就这样成交吧。"于是他便从口袋里掏出一个鼓鼓的钱包，拿出两百美元递给爸作为定金，并说道："明天，你把这些小马驹带进城，再把其余的钱给你。"就这样，小马驹以爸提出的价格卖了出去。

买家没有留下吃晚饭，骑上马便走了。爸把钱拿给了正在厨房忙碌的妈。见到这些钱，妈便嚷道："你意思是说我们必须留着这些钱在家里过夜！"

"存银行，太晚了。"爸接话道，"再说我们现在也很安全。除了我们，并没有人知道这些钱在这儿。"

"我会无法入睡的。"

"上帝会关照我们的。"爸回答道。

"上帝只帮助有准备的人，"妈回道，"我只希望这些钱在银行待着。"

干杂活儿的时间已经过了，阿曼乐不得不提着牛奶桶赶向牲口棚。无论早上还是晚上，如果奶牛没有按时挤奶，牛奶就会变少。接下来还有食槽和马厩需要清理，以及所有的牲畜要喂食。干完所有的事情已经快八点了。妈在热晚饭。

晚餐并不像往常那样让人愉悦，大家都因为那笔钱而心情沉重。一开始妈把钱藏进了食品储存室，然后又把它们放到了织品储存柜。晚餐结束后，她便开始准备发酵的

面团，好明天烘烤面包。随即又开始担心起那笔钱。她的手在飞舞，面团在手中发出轻微的啪啪声，紧接着她说："虽然，好像并不是所有的人会想到朝柜子里的床单看，我要说——天哪，那是什么？"

大家都跳起来了，屏住呼吸，听周围的动静。

"有什么东西或是人在房子周围悄悄地来回走动。"妈屏住呼吸说。

他们朝窗外看，外面一片漆黑。

"唉，什么都没有。"爸说。

"我告诉你我真的听见声音了。"

"我没有！"爸回答说。

"罗亚尔，"妈命令道，"你去看看。"

罗亚尔打开了厨房的门，费力地朝黑暗望去。过了一分钟，他说："没什么，就只有一条流浪狗。"

"把它赶走。"妈说道。罗亚尔便出去驱赶那条狗了。

阿曼乐希望自己能拥有一条狗。但是小狗总是掘起花园的泥土、追赶母鸡、吮吸鸡蛋，而大狗又可能咬死绵羊。妈总说家里的牲畜够多了，还养什么狗呀。

妈还在收拾面团，阿曼乐洗起了脚。因为白天光着脚，所以每天晚上他都要洗好自己的脚。他正洗着脚，突然大家都听到了门廊上传来鬼鬼祟祟的声音。

农庄男孩
Farmer Boy

妈的眼都睁大了。

罗亚尔说:"就是那条狗。"

他打开了房门。起初,大家什么也没看到,突然妈的眼睁得更大了。随即他们便看到一只瘦弱的大狗在黑暗中畏畏缩缩地离开,在它的皮毛下可以看见肋骨。

"天哪,妈,多么可怜的狗!"爱丽丝说。

"求您了,妈,我们就不能给它点儿吃的吗?"

"孩子们,当然可以,"妈说,"罗亚尔,你可以到明天早上再把它赶走。"

爱丽丝拿出一盘食物给这条狗吃。门还开着,这条狗不敢接近。但当阿曼乐把门关上时,他们便听见了咀嚼的声音。妈把门检查了两次,确保门是锁着的。

他们离开时带走了厨房的蜡烛,黑暗便笼罩了整个厨房。随即黑暗透过了起居室的窗户,妈把两扇起居室的门也锁上了,她甚至又检查了一遍会客室的门,尽管始终是锁着的。

阿曼乐躺在床上,长时间地倾听,长时间地凝望着周围的漆黑。最后他睡着了,他不知夜里发生了什么,直到妈第二天早上告诉他。

她把钱放在了五斗橱里爸的袜子下面。但在她上床后,她又起来把钱放在枕头底下。她并没有想到她会睡

着，但她一定是睡着了，因为在夜里有东西吵醒了她。她立马坐了起来。爸仍然熟睡着。

月光照亮了院子，妈能清晰地看见紫丁香花丛。周围的一切都静止不动，时针走向了十一点。突然间妈的血液变得冰冷起来，她听见了一阵低沉却凶狠的号叫。

她赶紧起身走向窗户，发现那只奇怪的狗正站在窗户底下，毛发竖立，露出它那锋利的牙齿。它的行为动作似乎预示着有人藏在了小树林里。

妈倾听着，凝望着。树下面一片漆黑，她没看到任何人。但那条狗仍然朝着黑暗发出凶狠的号叫。

妈仍然注视着，她听见了午夜的钟声敲响了。过了很长时间，凌晨一点的钟声响起了。这条狗绕着围篱来回地走动，并发出咆哮声。最后，它躺了下来，但它仍然保持着头抬起的姿势，竖起耳朵仔细地倾听。妈也轻轻地回床睡觉了。

待黎明时，这条狗便离开了。大家四处寻找，但一无所获。但它的脚印留在了院子里，在围篱的另一头，也就是在小树林里，爸还发现了两个男人的鞋印。

因此爸在早餐前就拴起这些小马驹，并把它们系在了马车的后面，朝着马隆城驶去。他把那两百美元存进了银行，并把这些小马驹运到了买家的手里，得到了余下的

农庄男孩
Farmer Boy

钱，这些钱也被存进了银行。

当他回到家时，他跟妈说："你是对的，昨晚我们差点被打劫。"

在一个礼拜之前，住在马隆城附近的一位农夫卖出了一批小马驹，并把钱放在了家里。就在那一晚，在他熟睡时，一伙强盗闯进了他家。他们把他的妻子和孩子捆绑起来，还把他打得半死不活，逼他说出藏钱之处。他们拿走了钱便离开了。治安官正四处寻找他们。

"如果那位买家也参与了那起抢劫，我并不感到惊讶，"爸说道，"还有谁知道我们把钱放在了家里？但我们没有证据。我调查过了，他昨晚呆在了马隆城的旅馆里。"

妈说她一直相信是上帝派了那条狗来帮助他们。阿曼乐却认为那条狗之所以留下来是因为爱丽丝喂了它食物。

"也许它是被派来试探我们的，"妈接话道，"又可能是因为我们对上帝心存感激，上帝便对我们仁慈。"

他们再也没见到那条狗。或许它就是一条可怜的迷路狗，因为爱丽丝所给的食物让它有力气找到了回家的路。

剪 羊 毛

现在，天暖了，草地和牧场的草丛厚厚的，显得十分柔软，剪羊毛的时候到了。一个晴天的早晨，皮埃尔、路易斯与阿曼乐一块来到牧场，他们把羊赶到洗羊栏里。这条洗羊栏很长，从郁葱的牧场一直延伸到特鲁河清澈的深水处。洗羊栏里有两扇通向牧场的门，门中间有一条通向河岸的围栏。

皮埃尔和路易斯正在拦羊群，免得它们逃跑。阿曼乐正逮住一只羊，想尽办法把它推进羊栏。爸与懒汉约翰在

农庄男孩
Farmer Boy

羊栏里一块抓住了它。接下来阿曼乐又推进了另一只羊，罗亚尔和法兰克·乔一起抓住它。其他绵羊睁眼看着，低沉地叫着。被抓住的这两只羊用力地蹬腿，开始挣扎、大叫。但这些男子汉们不为所动，他们用茶色的肥皂抹在羊身上，把它们赶向水中。

绵羊们不得不在水里游起泳来。湍急的水流漫得比男子汉们的腰部还高，他们抓着羊，使劲地搓它们。羊身上的污渍都跑了出来，随着肥皂泡沫一块流向下游。

羊群目睹了这一幕，"咩——咩——咩"地喊叫着，尝试着逃跑。阿曼乐、皮埃尔与路易斯就在羊群中跑来跑去，将它们抓回羊栏门口。

只要一只小羊被洗刷干净，大人们就允许它游到分隔的篱笆尽头，再把它抬上岸，放在围栏外面。可怜的小羊出来后，咩咩地直叫着，身上有水滴下来，不过没过一会儿，太阳就将它的毛晒干了，它又变得毛茸茸、洁白洁白的了。

每当大人们放出一只羊，阿曼乐就会再将一只小羊赶到围栏里。大人们抓住它，用肥皂给它搓洗，接着把它拖到河里。

给羊儿洗澡是每个人的乐趣，当然除了羊儿自己。大人们在水里嬉戏，大声地喊叫大声地笑。男孩们在牧场上又跑又喊。太阳将他们的背晒得暖烘烘的，他们光着脚踏在清凉的草地上，在这片辽阔又十分静谧的绿色草原上，

他们的笑声显得十分微弱。

一只羊用头撞得约翰一屁股栽到了水里，河水从他的头顶漫过。乔大声喊："约翰，如果你已经用肥皂洗掉了你身上的羊毛，就可以准备剪毛了！"

夜幕来临时，所有羊儿都被洗得干干净净，羊毛非常蓬松，雪白雪白的。羊儿分散在斜坡上吃草，远远望去像一束束发白的绣球花。

第二天，早饭还没吃完的时候，约翰就已经来了。于是，阿曼乐被爸从餐桌旁叫开了。他从餐桌上拿了一块楔形的苹果派，径直去了牧场。一路上，他一边闻着三叶草的味道，一边大口大口地吃着苹果派，苹果派加了香料，皮薄薄的，非常好吃。吃完后他还意犹未尽地用嘴舔了舔手指，才开始做正事。他把羊群赶到一起，带着它们穿过挂满露珠的草地，到了位于南牲口棚的羊圈。

爸已经把羊圈打扫过了，还在羊圈的一头搭建了个台子。他和拉兹·约翰一人捉住一只羊，将它抱到台子上，接着用长长的剪刀将羊身上的毛剪掉。又厚又白的羊毛卷在了一起，变成一整块，到最后羊的身子就光着了，粉红色的皮肤露了出来。接着羊就光着身子从台子上跳下来，伤心地叫喊："咩——"所有其他的羊会回应这只羊，不过这时爸和约翰已经开始剪另外两只羊的毛了。

农庄男孩
Farmer Boy

罗亚尔将羊毛卷在一起，卷得紧紧的，用麻线捆好，再把它们扛到楼上去，放在顶楼的地板上。他尽力以最快的速度跑到楼上放好羊毛，又迅速地跑下来，但另一捆羊毛总会早早地待在那等他了。

爸和拉兹·约翰非常擅长剪羊毛。他们将长长的剪刀划过厚厚的羊毛，速度快得像闪电，他们紧贴着羊儿的身子剪，却从不会伤着羊皮。这做起来并不简单，因为爸的羊是非常珍贵的美利奴绵羊。美利奴绵羊的羊毛最优质了，可是它们的皮肤上褶皱非常多，又很深，要想剪下全部的毛又不伤羊儿，不是那么容易的。

阿曼乐快速地扛着羊毛往楼上跑去。羊毛非常重，他每次都只能扛一捆。不过他从来没想过去偷懒。但不经意间他看到牲口棚的斑猫，它的嘴里叼着一只老鼠匆匆忙忙地跑过，他知道它要将老鼠带给猫宝宝们吃。

阿曼乐追在猫妈后面，到了大牲口棚的屋檐下才停下来，他在干草中找到了一个小小的窝，里面有四只小猫咪。斑猫竖起自己身上的毛，站在猫宝宝们身边，它大声地叫着，眼珠里的瞳孔时大时小。小猫咪们红红的小嘴发出几声微弱的叫声，它们的脚掌还没长毛，上面有非常小的白爪子，它们的眼睛紧紧闭着。

当阿曼乐回到羊圈时，已经有六捆羊毛需要他扛到楼

上了。爸严厉地对他说："儿子，从现在开始你得保证能跟得上我们的速度。"

"好的，爸。"阿曼乐急促地答道。不过他听到拉兹·约翰说："他来不及的，我们肯定会在他之前剪完的。"爸听后笑了一笑回答道："确实是这样，约翰。他跟不上我们的速度。"

阿曼乐决定要证明给他们看：如果他跑得够快，是跟得上他们的。在正午之前他的速度已经比罗亚尔更快了，于是他便骄傲地说："看，我能跟上你们的速度的！"

"不，你不可能跟得上我们！"约翰说，"我们会赢你的，在你之前，我们就会完成工作，等着看吧。"

大家都笑话阿曼乐。

吃饭号角吹响时，大家仍在笑。爸和约翰剪完所有的羊毛后就进屋了。罗亚尔将捆好的最后一捆羊毛丢在那儿，阿曼乐却要负责将这捆羊毛扛上楼。现在他才了解大家为什么笑，不过他暗自想：我肯定会赢过他们的。

他选了一只还没剪毛的小羊，又找了一根短绳拴在小羊的脖子上。然后，他牵着小羊，不顾小羊的抗议，连拖带提地将小羊带到了顶楼。他把小羊拴在羊毛捆旁，又拿了些干草喂它，让它保持安静。做完这些，他才去吃饭。

接下来的整个下午，拉兹·约翰和罗亚尔一直催阿曼乐

农庄男孩
Farmer Boy

快点，不然就要输了。不过阿曼乐回答道："我肯定不会输，我会追上你们的速度的。"于是他又遭到了大家的取笑。

每当罗亚尔捆好一捆羊毛，阿曼乐就一把抓起羊毛，冲上顶楼，再飞快地跑回来，样子非常匆忙。见状，大家又取笑他，并且不停地说："你肯定会输的，我们将会比你先完成工作。"

做杂活儿的时间就要到了。爸和约翰在比谁先剪完剩下的两只小羊，最后约翰输给了爸。阿曼乐扛起羊毛就往顶楼跑，在另一捆羊毛捆好前就跑了回来。罗亚尔将最后一捆羊毛捆好，然后得意地说："阿曼乐，你输了。我们比你先做完了！"罗亚尔和约翰笑得特别大声，甚至连爸都笑起来了。

但是阿曼乐却说："错！你们输了。我早就牵了只小羊到顶楼去了，可是你们还没给它剪毛呢！"

这下大家都笑不出来了，他们都觉得很震惊。这时，或许是顶楼的那只羊听到了被赶往牧场的羊群的叫声，哭喊着："咩——"

阿曼乐大声地叫道："听，顶楼还有只羊呢！我早就将他牵到顶楼上了，它的毛还没剪！我赢啦！"

注意到罗亚尔和约翰滑稽的表情，阿曼乐笑得不停。爸也大声地笑起来。

"约翰，你被耍了！"爸大声说道，"谁笑到最后，谁笑得最甜！"

严寒来袭

晚春时节很冷,即使到了晌午也依然不见暖和。树叶已经开始慢慢地舒展开了,豌豆、黄豆、胡萝卜、玉米还没生长起来,它们都在等着暖和天气的到来。忙完春天繁忙的工作之后,阿曼乐又得去上学了。阿曼乐希望自己快些长大,这样他就不用去上只有很小的孩子才上的春季班了,他可以待在家里,做更多有趣的事情。

爸把羊毛拖到马隆城的梳毛机那梳理,梳理完的羊毛又直又好、又长又软,爸带着它们回家了。因为有机器帮

农庄男孩
Farmer Boy

忙，妈省得再拿卡片记羊毛数了，但她还要染羊毛。

爱丽丝和伊莱扎·简去树林里捡树根树枝，罗亚尔留在院子里，他燃起了一个巨大的篝火。他们在火上吊了一个大锅，用来煮树根树枝。接着，又把妈纺好的长羊毛线浸入锅里，再把它们捞起来，晾在晾衣杆上。这样，所有的羊毛线都变成了棕色、红色、蓝色的了。阿曼乐回家时，映入眼帘的是挂满了染过色的羊毛线的晾衣绳。

家里的肥皂也是妈亲手做的。妈将整个冬天的柴灰都收集到一个底部有小孔的木桶里。现在将水倒进桶中，碱液就会顺着小孔渗出来。妈将碱液倒进锅里，又加入了她收集了整个冬天的各种材料：猪肉皮、没用的肥猪肉和牛肉。这样，油脂和灰汁混在一块，煮沸了之后，肥皂就做成了。

如果不去学校，阿曼乐就可以给篝火添加柴灰，把棕色黏稠的肥皂从锅里捞出放进浴盆了。可惜他不得不返回学校。

他忐忑地观望着月亮的变化，等五月月缺时，他就可以留在家里种南瓜了。

一个寒冷的早上，阿曼乐在腰间系了一个装满了南瓜籽的袋子后，就去了玉米地。黑色的田野上冒出了一片绿色的杂草，像披了一层薄薄的面纱。天太冷了，玉米新发

121

小木屋的故事
Little House Books

的小嫩芽长势并不好。

阿曼乐走到种玉米的小山坡，每隔一行就播种一颗南瓜籽。播种的时候，他跪在地上，用大拇指和食指掰出一颗薄薄的、呈扁平状的南瓜籽，然后让南瓜籽的尖端朝着地，用力地摁进土里。

不一会儿，太阳升起来了，天也就渐渐暖和了起来。空气和土壤的味道很好闻。阿曼乐觉得播种的过程很有趣：食指和拇指插入土中的一瞬间，就种下了一颗种子，接着它会慢慢地长大。

他一天接一天地干活，直到所有的南瓜籽都种完了，他还要求帮忙给胡萝卜锄草。他将长在胡萝卜行里的杂草都锄光了，还将一些太小太嫩的胡萝卜苗拔掉了。这下，胡萝卜苗的间隔就有两英尺，很适合生长了。因为不想回学校，他干得特别认真、有耐心，很少有人像他这样，花这么多心思干活的。最后，他回学校时，离放假只剩三天了。等到春季学期结束，他又可以工作一整个夏天了。

他的第一项工作是给玉米地除草。爸负责在玉米行间犁地，罗亚尔和阿曼乐负责将杂草用锄头锄干净。他们一整天都在不停地锄草，顺道翻松了嫩苗和刚长出叶子的南瓜周围的泥土。

阿曼乐一共锄了两英亩的玉米地和土豆地。接下来，

农庄男孩
Farmer Boy

开始摘草莓了。

那年的野草莓不仅少,还熟得很晚,因为刚开花时就遭到了霜冻。阿曼乐在树林里走了很多路,小桶才装满了小小甜甜的、带着芳香的草莓。

每当在绿叶下发现成串的草莓,他都禁不住吃上几颗解馋。他甚至把草莓末端的青色叶片拧下来,也吃了。他一口一口咬着酸酸甜甜的茎秆,吃到柔弱的淡紫色花朵才停下来。他不时地停下来玩耍,或朝蹦蹦跳跳的松鼠丢石头,或将桶放在小溪边,自己到小溪里追小鱼。不过他回家时,桶里肯定装满了草莓。

这样,全家人就有口福了,晚上他们可以吃到奶油草莓,甚至第二天还会吃到妈做的草莓酱。

"我还是第一次见到玉米可以长这么慢。"爸担忧地说。说完,他又将地犁了一遍,罗亚尔和阿曼乐也配合着又把地锄了一遍,可是小小的嫩芽仍然没什么动静。到了7月1日,它们也才长到四英寸高。它们似乎觉得有危险在逼近它们,所以不敢长大。

三日后,是7月4日,也就是独立日。那天尽管不是礼拜六,但一到晚上阿曼乐必须洗澡。第二天早上,全家人要前往马隆城参加庆典。阿曼乐巴不得第二天早上马上到来。庆典很热闹,有乐队演奏,有许多演讲,连铜炮都

会开炮。

那晚，周围很静，天气很冷，星星发出寒光。晚饭后，爸去了牲口棚，他关了马厩的门和小木窗，将怀孕的母羊赶进羊圈。

爸进屋时，妈问他外面是不是暖和些了。爸摇头否定了，他说："外面应该快要结冰了。"

"不会的。"妈坚决地否定道，可谁都看得出来她其实很担心。

夜里，阿曼乐感到一阵寒意袭来，可他太困了，顾不得采取保暖措施。没多久，他就听到妈的叫声："罗亚尔，阿曼乐！快起床啦！玉米被冻住了！"

听到这些，尽管困得眼睛睁不开，双手绵软无力，哈欠一个接一个不停地打，可阿曼乐还是急促地起床穿上了裤子。

他跟着罗亚尔，蹒跚地下了楼。

家里的女人们正在戴头巾，穿披肩。厨房里的火还没生着，显得特别冷。窗外特别诡异。白色的霜披在小草上，一条绿色的条纹挂在天空的东边，周边都透着寒意，天还是黑的。

爸把贝斯和美丽套在了篷车上，罗亚尔给水槽加满了水。阿曼乐帮妈和姐姐们拿来浴盆和桶，爸接过桶放到了

农庄男孩
Farmer Boy

篷车上。他们给浴盆和水桶也加满了水后，就跟着马车来到玉米地。

玉米苗全都被冻住了，小小的叶子变得硬邦邦的，十分脆弱，轻轻碰一下就会断了。只有用水才能将它们挽救回来。日出之前，每座山坡上的玉米地都要浇上水，不然玉米苗就会死掉，那样今年就吃不上玉米了。

马车停在了田边。全家人都各自给自己的桶加满水，然后用最快的速度给玉米苗浇水。

阿曼乐尝试着干得更快点，可惜桶太重了，他的小腿又太短了。他的手指和腿都打湿了，非常冰冷，最重要的是，他困得几乎睁不开眼睛了。他跌跌撞撞地沿着玉米行走着，给每个玉米穴里被冻住的玉米苗浇水。辽阔的田野有成千上万个玉米穴呢。阿曼乐的肚子开始饿了，可他不能停下来抱怨。他必须再加快速度，好挽救玉米苗。

东边的绿纹已经变成了粉红色了，每过一会儿，天就会亮一些，周围不再黑暗一片，阿曼乐都能看到玉米垄的另一头了。他尝试着加快速度。

没多久，土壤就由黑变灰了，太阳要出来对玉米苗赶尽杀绝了。

阿曼乐又快速地来回跑着给桶加水，加完之后，就开始给玉米苗浇水。他实在太累了，全身酸疼，肩膀、胳膊

都疼得厉害。脚上沾满了松软的土壤。他太饿了，可他每泼出去一次水，就会救活一颗玉米苗。

玉米瘦弱的身影在微弱的灯光下，已经隐约可见了。一刹那间，田野的每个角落已经遍布了暗淡的阳光。

"坚持住。"爸大声地喊着。于是所有人都坚持着干活，没有人停下来。

但过了一小会儿，爸就放弃了。"没用了。"爸说。阳光一晒到玉米，玉米苗就死了。

阿曼乐把桶放下来，忍痛将背挺直。其他人都呆呆地站着，相互看着，什么话也没说。他们已经浇了三英亩左右的地了，但还有四分之一英亩还没浇。那些没浇过水的玉米苗没得救了。

阿曼乐艰难地走回马车，爬了上去。爸说："大家高兴点吧！我们拯救了大部分的玉米苗。"

他们睡眼惺忪地驾着马车回到了牲口棚。阿曼乐的意识还很迷蒙，更何况他很饿、很冷。他的手干活干得都麻了，幸好大多数玉米得救了。

独 立 日

今天是7月4日,阿曼乐是在吃早餐时想起的,心情瞬间好了许多。这天就像礼拜天的早上一样。吃过早餐,他拿着肥皂洗了自己的小脸,将小脸颊擦得满是光泽。接着他分开湿漉漉的头发,将它们梳得油光油光的。然后,他穿上了灰色羊皮裤、法国印花棉布衬衫、背心以及短外套。

这件短外套也是妈做的,是最新流行的款式。这种款式的特别之处在于:衣领上加了一小块两边斜到身后的小布搭盖,露出了里边的背心,衣襟往下垂,逐渐形成了圆

形，盖住了裤子的荷包。

他又戴上了自己的圆草帽。这顶草帽是妈用燕麦茎秆编织的。阿曼乐为能在独立日这一天，将自己打扮得漂漂亮亮而感到自豪。

爸的马儿依旧被套在了有着红色轮子的马车上，马儿和马车都油亮油亮的。在凉爽阳光的沐浴下，全家人一起驾车往马隆去了。节日的热烈氛围笼罩着整个国家。大家都穿着礼拜天的衣服驾车往城里赶，没有人待在田里干活。

爸的马儿们非常灵敏。他们马车的速度比所有人都快，很快，他们超过了其他马车、手推车。每当超过阿曼乐认识的人时，阿曼乐都会快乐地挥舞着自己的帽子。如果此时驾驶马车的是他，他想他会更加高兴的。

来到马隆教堂旁的马棚后，家里的其他人都匆匆忙忙地离开了，只有阿曼乐帮着爸把马卸下马车。他非常喜欢卸马。虽然他还不会驾驶马车，但他会系缰绳、扣上毯子，用手抚摸马儿软软的鼻子并给它们喂食。

卸完马后，他跟着爸出了马棚，来到拥挤的人行道上。这天所有的店都关了门。女士和先生们来回地走动谈天，小女孩们都穿着带花边的漂亮衣服，手上打着太阳伞，男孩们则都像阿曼乐一样穿着盛装。到处都插满了旗帜，乐队在广场上演奏《洋基歌》。短笛、长笛和鼓声交

农庄男孩
Farmer Boy

织出美妙的音乐。

> 洋基去城里，
> 骑着小马驹，
> 帽子上插了一根羽毛，
> 叫做通心粉！

连成年人都抽了时间来这儿听演奏，两门铜炮正摆在广场的角落里。

这个广场并不是真正意义上的广场。它不是方形的，而是被铁路分割成了三角形，但人们还是习惯称它为广场。它四周围着栅栏，地上还长着草儿。草地上摆着成排的长椅，人们整齐地坐在上面，就像待在教堂里一样。

阿曼乐跟着爸坐到前排最好的座位上。所有重要人物都停下脚步和爸握手。草地上来了很多人，连座位都不够坐，还有些人站在栅栏外呢！

当乐队停止演奏，牧师就开始做祷告了。然后乐队接着演奏，大家都站了起来。男孩和男人们都脱掉了帽子，大家伴着音乐唱起国歌：

> 噢，说吧，你能看见吗？

> 透过清晨的光,
> 我们在欢呼什么?
> 在黄昏最后的余光中,
> 是谁的星条旗,
> 穿过战斗的枪林弹雨,
> 在我们守卫的堡垒上空,
> 勇敢地飘扬?

蓝天下,星条旗在旗杆顶端飘扬着。大家都看着美国国旗,阿曼乐使出最大的力气唱歌。

唱完歌后,大家都坐了下来,台上,一个国会议员缓慢而庄严地宣读着《独立宣言》。阿曼乐被感染了,他觉得庄严而自豪。

紧接着,两个男人作了很长、令阿曼乐觉得枯燥的政治演说,其中一个主张高关税,另一个则主张自由贸易。成年人们都听得很起劲,可阿曼乐却开始饿了。直到乐队再次响起音乐,阿曼乐才又开始兴奋起来,因为这表明,吃午饭的时间到了。

一群穿着带有黄铜纽扣的红色或蓝色衣服的人们正演奏着欢快的音乐,肥胖的鼓手们在砰砰地打着鼓。阿曼乐趁着吃午饭的时间帮着爸喂饱了马儿,妈和女孩们负责摆

农庄男孩
Farmer Boy

午餐,大家都坐在教堂院子的草地上野餐。吃饱后,阿曼乐又回到广场。

马棚旁摆着个卖柠檬水的小摊,只要花上一个五分的镍币就能买到一杯粉红的柠檬水了。一群城里的男孩们围着小摊,阿曼乐的堂弟弗兰克也在其中,他手上有一个镍币。阿曼乐并没买,他已经在城里的水泵处喝过水了。弗兰克喝完买来的柠檬水后,一边舔着嘴唇,一边揉自己的小肚子,对阿曼乐说:"为什么你不去买一杯水呢?"

"你的镍币从哪来的?"阿曼乐反问道。他从没有零花钱,爸只有在礼拜日那天才会给他一便士,但那是用来捐到教堂的募捐箱里的。

"我爸给的,每当我管爸要钱,他就会给我五分钱。"弗兰克吹牛道。

"如果我管我爸要,他也会给的。"阿曼乐说。

"那你干嘛不管他要?"弗兰克开始质疑。其实连阿曼乐自己也不知道爸到底会不会给,于是,他说:"我不想要。"

"你爸不会给你钱的。"弗兰克说。

"他会给。"阿曼乐辩解道。

"那就是你不敢管他要。"弗兰克说。

其他的男孩也正听着他们的对话,阿曼乐把手插进兜里,说:"如果我想要,我自然会管他要的。"

"啊,你害怕了!"弗兰克取笑道。

"谁怕了?我现在就去管我爸要钱。"

不远处,爸正在和马车制造商帕多克先生谈话。阿曼乐慢慢地走过去,他心里害怕得很,却不得不去。离爸越近,他心里越是害怕。他从来不敢管爸要钱,因为他能肯定爸不会给他钱。他站在爸的旁边,看着爸,耐心地听爸和帕多克先生的谈话。

"儿子,怎么啦?"当爸谈完话后,爸问道。

阿曼乐害怕地喊了一声:"爸。"

"嗯,怎么了?"

"爸,你可以——给我个五分的镍币吗?"阿曼乐壮着胆子、结结巴巴地说。

说完这句话,他巴不得自己可以马上离开,因为爸和帕多克先生都盯着他。最后爸问:"拿钱做什么呢?"

阿曼乐低头紧盯着自己的皮鞋,喃喃地说:"弗兰克用镍币买了杯粉红色的柠檬水。"

"嗯,如果弗兰克请你喝柠檬水了,你也应该请他喝。"爸慢慢地说,他把手伸进了口袋,接着停了下来,接着问道:"弗兰克有请你喝柠檬水吗?"

"没有,爸。"

爸看了阿曼乐好一会儿,接着从口袋里掏出钱包,打

农庄男孩
Farmer Boy

开它,慢慢地取出一个又圆又大的银元。阿曼乐认得,那可是半美元呢。爸问道:"阿曼乐,你知道这是什么吗?"

"半美元。"阿曼乐小心翼翼地回答道。

"没错,那你知道它代表什么吗?"

阿曼乐回答不上来了。

爸继续说道:"它代表劳动,儿子。钱代表着辛勤的劳动。"

帕多克先生笑起来,他说:"怀德,孩子还太小了,他没办法理解的。"

但爸说:"阿曼乐比你想象的聪明得多。"

其实阿曼乐并没有爸说的那么聪明,他希望自己可以马上离开。可是他看到帕多克先生正用看好戏的眼神看着爸,那眼神和弗兰克取笑他时一模一样。于是阿曼乐努力使自己看上去像爸说的那么聪明。爸问他:"你知道怎么种土豆吗?儿子?"

"知道。"阿曼乐回答道。

"春天时,如果你有一个土豆种子,你会干什么?"

"切成片。"阿曼乐说。

"继续说下去,儿子。"

"然后开始耕田,也就是施肥和犁地。接着开始耙地,在地上做记号。这些都做完了,才会开始种植土豆。这个

过程中，还要再松两次土，锄两次草。"

"你说得很好，儿子，那接下来呢？"

"等土豆成熟了，需要把它们从地里挖出来，放进地窖。"

"是的，然后整个冬季，你都要负责将那些小的和烂掉的土豆挑出来扔掉，来年春天，再把它们拖到马隆卖掉。如果价格卖得好，儿子，半蒲式耳土豆能卖多少钱呢？"爸继续问道。

"半美元。"阿曼乐如实说。

"是的。"爸说，"所以说，半美元里包含着种半蒲式耳土豆所付出的劳动。"

"儿子，它是你的了。"爸说道。阿曼乐简直不敢相信自己的耳朵，但爸如实做了。他把手中沉甸甸的半美元银元递给了阿曼乐。

"如果你想赚更多钱，你可以用它买一只小猪，让它产下更多小猪仔，每头小猪仔可以卖四五美元。当然，你也可以用这半美元买柠檬水喝。总之，它已经是你的了，你想怎么做就怎么做吧！"

阿曼乐惊讶得都忘了说谢谢。他拿着半美元足足等了半分钟，才放到口袋里，跑到柠檬水小摊旁的男孩们那儿。小贩在吆喝着："快来啊！快来啊！冰凉的柠檬水，粉红的

农庄男孩
Farmer Boy

柠檬水，五美分就能买一杯。只要一角硬币的一半，只要二十分之一美元，你就能享受一杯冰凉的粉红柠檬水。"

弗兰克问阿曼乐："拿到镍币了吗？"

阿曼乐回答："我爸没给我镍币。"

弗兰克大叫起来："你看，我跟你说过，你爸不会给你钱的！"

"他给了我半美元。"阿曼乐继续说。

男孩们都不相信，于是阿曼乐把半美元拿出来给他们看，他们这才相信了阿曼乐的话。接着他们都围了过来，等着阿曼乐把钱花掉。可阿曼乐把它放回了自己的口袋。

"我要四处看看，物色一只好的小猪。"阿曼乐说。

乐队已经开始沿街游行了，孩子们紧跟在乐队后。旗帜在最前方光荣地飘扬着，跟在后面的依次是喇叭手、笛手和鼓手。最后，乐队停在了广场上。

成百上千的人围在那儿观看。

铜炮放在广场中央，长炮筒指向天空，乐队不停地演奏着。有两个人大声喊道："往后靠靠！往后靠靠！"原来，要开始放炮了。有人正往大炮的炮口倒黑色粉末，两个人推着有两个柄的长铁杆，用长铁杆上的布团把黑色粉末推到炮管里头。所有的男孩们都跑到铁轨边去，他们要去拔草，没多久他们就抱着满怀的草回到大炮那儿，大人

们将杂草塞进大炮的炮口，依旧用长长的铁杆将它们捅到炮管里。

铁路旁燃起了一堆篝火，长铁杆则在火上烧着。

当大炮里的黑色粉末被草压紧后，一个男人小心地把点火的药粉填进炮筒上的两个点火孔中。现在，所有人都在喊："退后！退后！"

妈拉着阿曼乐的手，让他跟紧自己。但阿曼乐对妈说："他们只不过装上火药粉和草而已，我会小心，不会让自己受伤的。"可是妈还是不准他离那些大炮太近。

两个男人把长铁杆从火上移开。他们尽可能地离大炮远些，拿铁杆烧红的一端去碰点火孔。大家都静静地看着。一小簇火焰摇曳着从火药粉中升起来，大家都屏住了呼吸，然后听到"轰"的声音。

大炮开火了，空气中弥漫着细碎的飞草。阿曼乐加入男孩们的队伍，他们飞快地跑去摸炮口的余温，大家都在为大炮制造的巨大声响惊叹不已。

"这声音都能把英国军人吓跑呢！"帕多克先生对爸说道。

"也许吧，虽然毛瑟枪帮我们打赢了独立战争，但是别忘了，打下这个国家的是斧头和犁头。"爸捋了捋自己的胡子说。

农庄男孩
Farmer Boy

"确实是这样。"帕多克先生应道。

大炮放过之后,独立日庆典活动也就结束了,接下来没什么可看的了。该给车套上马儿,回家做杂活了!

那天晚上,当阿曼乐和爸提着牛奶桶回家时,阿曼乐好奇地问:"爸,为什么是斧头和犁头帮我们打下了国家,我们和英国打仗不就是为了建立国家吗?"

"儿子,我们是为了独立打仗的。"爸说,"我们的祖先只有一小块夹在大山和海洋间的土地。从这一直到西,是印第安人、西班牙人、法国人和英国人的地方。农民们通过斧头和犁头取得了整个国土,才建立起我们的国家的。"

"怎么建立啊?"阿曼乐继续问道。

"儿子,西班牙人是军人,他们只想要金子。法国人以买皮毛为生,他们想的是快速赚钱。英国人则忙着打仗。而我们农民,要的是土地。于是,我们的祖先越过大山,住在这里,种地,以此为生。"

爸继续说:"现在,我们的国家已经往西开拓了三千英里,越过堪萨斯州、美洲大沙漠,越过了许多比这里的山还要高大的崇山峻岭,延伸到太平洋呢!我们这个或许是全世界最大的国家,都是农民打下的。儿子,别忘了这点!"

消夏时光

天气越来越热了，植物们都长得飞快，玉米狭长的叶子已经长到腰那么高了。爸又将地犁了一遍，罗亚尔和阿曼乐配合着又锄了一遍地，接下来就不用这么费力了。因为玉米比杂草有更多的优势，不用照料玉米也能自己生长了。

土豆一株挨着一株，长得非常茂密，它们的白色花朵就像飘在田野上方的泡沫。一阵风吹过，燕麦就随风荡起灰绿色的涟漪。小麦刚刚长出瘦瘦的麦穗，麦粒包裹在里

农庄男孩
Farmer Boy

头,它们将慢慢地长大。草地上开满了蜜蜂们最喜欢的粉紫色玫瑰花。

现在已经不是农忙时节了,有空的时候,阿曼乐会去菜园锄草,顺便锄锄自己种下的土豆地。这些土豆是他在菜园里埋下的几块土豆种长成的,因为他十分好奇土豆们会长成什么模样。每天早上,阿曼乐都会给南瓜施肥,因为他要用这个南瓜去参加集市的展览。

爸将用牛奶浇南瓜的方法告诉了阿曼乐。父子俩从田里挑出了最好的南瓜藤,剪掉藤上面所有的分枝和花朵,唯独留下一个分枝和一朵花,接着,小心地在根部和极小的南瓜藤内侧,切开一个小口。在切口正下方的地里,阿曼乐弄了一个足够放一碗牛奶的小洞,他将一根灯芯的一头插在牛奶里,并小心翼翼地将另一头放进南瓜藤的切口中。

这样,南瓜藤都能每天通过灯芯喝到牛奶了。因此这个南瓜的长势比田里的其他南瓜快很多,现在,它已经比其他南瓜大三倍了。

阿曼乐花了半美元买了只小猪,取名叫露西。它太小了,一开始,阿曼乐不得不用碎布蘸着牛奶来喂它,但很快露西就学会了自己喝牛奶。阿曼乐知道小猪在阴凉的地方长得最好,于是他把露西养在了一个有树荫的围栏里,

喂露西它想吃的东西。因为这样，露西长得非常快。

当然，阿曼乐的个子也蹿得非常快。不过，他自己还是嫌慢了。他尽自己最大的努力喝牛奶，喝到肚子撑撑的。吃饭的时候，他也将餐盘装得满满的，多到吃不完。爸板着脸批评他："儿子，怎么了？胃口大肚皮小？"

于是，阿曼乐只好试着再吃下一点。其实，他想快点长大，这样就可以训练小马驹了。不过，他没把这个秘密告诉任何人。

每天爸都会带着两岁大的小马驹们出门，训练它们听口令行走和停止。他慢慢地让马驹们养成了戴马笼头的习惯。不久之后，他就能让一匹脾气好的老马教小马驹拉轻便的马车了。不过爸仍然禁止阿曼乐做这些事，甚至连训练小马时也不让阿曼乐走进牲口棚。

阿曼乐确定自己不会吓到小马，他不会教小马驹们跳、停止，或者逃跑。可是，一个九岁孩子的话很难让爸信服。

那一年，美丽生下了一匹小马驹。这匹小马驹是阿曼乐见过的最漂亮的马，它的前额有一个完美的白色星星图案，于是阿曼乐给它取名叫星光。它跟着美丽到牧场上玩耍。有一回，爸到镇上去了，阿曼乐就偷偷跑去牧场上去看它。

农庄男孩
Farmer Boy

美丽抬头看见了阿曼乐,就朝他跑了过来,小马驹跟在美丽后面跑着。阿曼乐停下来,一动不动地站着。过了一会儿,星光偷偷地顺着美丽的脖子瞄了阿曼乐一眼,阿曼乐还是没动。于是,星光的脖子一点一点地朝阿曼乐伸了过来,它眨巴着好奇的眼睛看着阿曼乐。美丽用鼻子轻轻地蹭星光的背,然后扬起尾巴朝前迈出一步,叼了一些草。星光依然哆哆嗦嗦地站着,看着阿曼乐,而美丽却在一边慢悠悠地吃起草来。小马驹开始一步一步地慢慢朝阿曼乐走去,最后走到了阿曼乐触手可及的地方。不过阿曼乐仍然一动不动,并没有碰它。星光又朝他走近了一些,阿曼乐屏住了呼吸。忽然,小马驹掉过头,朝它的妈妈跑去了。同时,阿曼乐听到了伊莱扎·简的叫唤:"阿——曼——乐——"

那天晚上,伊莱扎·简将这件事告诉了爸。阿曼乐一再向爸保证,他什么也没做过。但爸却说:"如果下次让我抓到你耍小马驹,我可要揍你一顿了!小马驹是不能随便逗弄的,我不允许你教它学会我不想让它学的东西。"

夏天十分漫长,又非常炎热。妈说这是庄稼生长的好时节。可是,阿曼乐却遗憾自己一点也没长。日子像复制的一样,日复一日地过着。阿曼乐每天给菜园锄草,帮着修石墙、劈柴,去牲口棚干杂活。下午空闲的时候,他会

去游泳。

有时候一早醒来，听到雨点敲打屋顶的声音，阿曼乐就知道自己可能要跟着爸去钓鱼了！

他不敢和爸说要去钓鱼，因为浪费时间是不对的。就算在雨天，仍然有很多事情可以做。比如，爸可以修马厩、修农具或者刨木头。阿曼乐安静地吃着早餐，他知道爸正在和诱惑做斗争，他很担心爸的良心会占上风。

"你今天打算做什么？"妈问道。爸慢吞吞地说："我本来打算照料一番胡萝卜，再把篱笆修修。"

"这些活可不是雨天能做得了的。"

"是啊！"爸应道。吃完早餐，他会出去站着，看会儿雨势，最后无奈地说："雨太大了！没法干活了。阿曼乐，我们去钓鱼，好吗？"

阿曼乐这时会跑去拿锄头以及装鱼饵的罐子，并且挖了一些蚯蚓做鱼饵。雨水打在他的旧草帽上，沿着他的手臂和背往下流，脚趾间的泥土非常凉。当他和爸拿着钓竿，穿过牧场去鳟河时，他全身都已经湿透了。

滴在脸上的雨滴和湿淋淋的草在阿曼乐的腿上来回蹭着，非常舒服。阿曼乐觉得，世界上最好闻的就是三叶草上雨滴的味道；而最好听的是雨滴"滴滴答答"地在河岸的灌木丛中谱写的乐曲，以及流水在石缝间穿过的声音。

农庄男孩
Farmer Boy

他们沿着河岸悄无声息地走着,然后把鱼钩丢到水中,爸站在一棵铁杉树下,阿曼乐坐在帐篷似的雪松下,他们观察着雨点在水面溅起的层层涟漪。

突然,空中闪过一条银色线条,爸钓到了一条鳟鱼!爸把它扔到河岸的草地上,它滑动的身体在雨中发出银光。阿曼乐雀跃地跳了起来,可他立马反应过来不能大叫出声。

这时,他感觉自己的钓竿也被扯住了,钓竿尖被拉扯得都快触及水面了。他使劲地往上一拉,钓线的另一端正钓着一条亮闪闪的大鱼呢!他把尽力挣扎的鱼从鱼钩上取下来。这是一条漂亮的斑点鳟鱼,比爸钓上来的还大呢!他把鱼举在手里,给爸看,然后又在钩子上挂了个鱼饵,把钓竿又投向水中。

当雨点滴在河里时,鱼总能上钩。接下来,爸又钓到一条,阿曼乐钓了两条;然后,爸又钓到两条,阿曼乐钓了一条。阿曼乐钓的这一条比第一次钓到的那条还大。很快,他们就钓到了两串肥大的鳟鱼。爸和阿曼乐互相羡慕着对方钓到的鱼,他们踩着雨中的三叶草回家了。

当身上湿透的时候,他们的皮肤却散发出了热气。他们把鱼放在柴堆旁的菜板上,将鱼头切了下来,刮掉银色的鱼鳞,又切开鱼肚掏出内脏。鳟鱼将大大的奶锅都填满

了,妈将面包渣裹在鱼上,放在锅里炸。这样,晚餐时就可以吃了。

"阿曼乐,今天下午帮我搅拌牛奶吧!"妈说。

奶牛们挤出的牛奶很多,每周都要搅拌两次。妈和姐姐们已经厌烦了这项工作,于是每逢下雨天,阿曼乐就得接手干。大大的搅拌奶桶放在刷得粉白的地窖里,奶桶上悬着搅乳器,桶里装了半桶牛奶。阿曼乐摇动手柄转动了搅乳器,搅乳器和桶里的奶油交替着发出"轰——哗啦——轰——哗啦"的声音。搅乳器得一直转动,直到奶油变成了黄油颗粒,才能停下来。

阿曼乐趁着妈把黄油颗粒放进圆形的木质黄油碗中清洗的空当,喝了一大杯酸乳酪,并吃了点儿饼干。搅拌出来的黄油粒硬硬的,呈金黄色。妈把黄油洗干净后,又用盐腌了一下,再把它们包好放进黄油盆里。

除了钓鱼,夏天好玩的事还有很多。七月某一天的傍晚,爸说:"只会工作不会玩耍的小孩会变笨的。我们明天去采浆果吧!"虽然阿曼乐嘴上没说什么,但他心里可高兴了。第二天天亮前,他们就穿上了旧衣服,提着桶、篮子,并带上一顿丰盛的野餐,驾驶着篷车出发了。他们的目的地是肖托夸湖附近的深山,那里长着野生的蔓越橘和蓝莓。

农庄男孩
Farmer Boy

树林里遍地都是篷车和采浆果的人。他们笑着唱着，整个树林都回荡着他们的说话声。每年这个时候，大家都会来这里会会平时很少见的朋友。不过大家都忙着采果子，只得边采边谈天。

树间的空地被低矮的灌木丛覆盖了，一串串蓝黑色的浆果就簇拥在灌木丛中的叶子下。在炎热的阳光照耀下，大家可以闻到一阵阵浓香的糖浆味。

鸟儿们舞动着翅膀飞来享受这场浆果盛宴，它们挥舞的翅膀将空气搅得激荡不已。蓝色松鸡愤怒地跳到采摘浆果的人们头上，呱呱地叫着，责骂他们。有一次，爱丽丝的太阳帽被两只蓝色松鸡袭击了，阿曼乐急忙赶走了它们。还有一回，阿曼乐独自采摘浆果时，看到了一头黑熊站在雪松后面。

黑熊的两条后腿站立着，伸着两只毛茸茸的大熊掌大把大把地抓着浆果往嘴里送。阿曼乐都惊呆了，盯着黑熊。黑熊不甘示弱，它停下来，用小小的、恐惧的双眼回望阿曼乐。接着，大熊四肢着地跑回了树林。

中午时，人们在温泉旁开始吃野餐了，他们围在凉爽的树荫下，边吃边聊起天来。吃完野餐后，他们就着温泉喝了些水，就又开始采浆果了。

还没到傍晚，带来的篮子和桶都已经装满了浆果，爸

驾着马车回家了。周围泛着阳光和浆果的香味，全家人都有些困了。

接下来的几天，妈和两个女孩一直在做果冻、果酱和果脯，每顿饭都能吃到蔓越橘派或蓝莓布丁。

有天晚上，吃晚饭时爸说："我和你妈该去度假了，我们准备去安德鲁叔叔家住一个礼拜，你们能自己照料好家里吗？"

"我相信这一周伊莱扎和罗亚尔可以将家里照顾得很好。当然，得需要爱丽丝和阿曼乐的帮助才行。"妈说。

阿曼乐看了看爱丽丝，他俩又一起看了看伊莱扎·简，然后他们同声说："可以的，爸。"

小鬼当家

安德鲁叔叔住的地方离阿曼乐家有十英里远。这一周，爸和妈准备度假的同时，都一直在考虑他们离开家后孩子们要完成的事情呢！妈钻进马车时还在念叨着。

"每天晚上都记得要去捡蛋啊！"妈说，"伊莱扎·简，搅拌牛奶的事交给你了！黄油里别放太多盐，盖子要盖上！另外，别把我留着做种子的蚕豆和豌豆偷摘了啊！我们走了之后，你们要好好照顾家里。"

妈把宽大的裙摆塞进了座位之间，爸在他们的腿上铺

了围毯。

"对了！伊莱扎·简，一定要小心火啊！炉子里有火时千万别离开屋子。不要去弄点着的蜡烛，还有……"

妈正说着的时候，爸把缰绳拉紧，马儿已经迈开了步伐。

"不要吃光糖！"妈仍不忘回头叮嘱。

马车拐弯之后，马儿就开始飞快地跑了。不一会儿，爸和妈的身影，就消失在孩子们的视野中了。

大家都没说任何话，连伊莱扎·简看上去都一副胆怯的样子。屋子、牲口棚和田野都显得大而空荡，将有整整一周的时间，爸妈都在离他们十英里远的地方。

没有人阻止他们做他们喜欢的事了。

"我们先洗完盘子，再铺床。"伊莱扎·简说。

"我们做冰淇淋吧！"罗亚尔喊道。

冰淇淋是伊莱扎·简的最爱，于是她犹豫着，说："呃……"

阿曼乐跟在罗亚尔后面跑向了冰屋。他们从锯屑中挖出一块冰，用装粮食的袋子装着拉向后门廊，再拿了把短柄小斧子用力地砸碎冰块。爱丽丝端着托盘，一边打蛋清，一边看他们砸冰。她拿着叉子不停地搅拌，当盘子倾斜蛋清也不会滑出来时，蛋清就打好了。

农庄男孩
Farmer Boy

伊莱扎·简调好牛奶和奶油的比例,又从食品室拿出了糖。这可不是普通的枫糖,它们是妈从商店里买来,专门用来招待客人的白糖。伊莱扎·简取出了六杯的量,还不忘把糖摊平,这样就没有人知道糖少啦!

她做了足足一大奶桶的冰淇淋。他们把桶放在缸中,在桶的四周围上好多捣好的碎冰,再洒上盐,最后盖上一条毛毯。每隔一会儿,他们就掀开毯子,搅拌一下变凉的冰淇淋。

冰淇淋冻成冰时,爱丽丝拿出了碟子和调羹,阿曼乐也端出一个蛋糕,切成了大块。伊莱扎·简给碟子盛满冰淇淋,然后大家尽情地吃起了冰淇淋和蛋糕,吃再多,也不会有人阻止他们了。

中午,大家吃完了整个蛋糕,冰淇淋也几乎快吃完了。伊莱扎·简说:"现在该开始做午饭啦!"可其他人却一点也不想吃饭。阿曼乐说:"我现在想吃个西瓜。"

爱丽丝跳了起来:"太好了!我们这就去摘一个。"

"爱丽丝!"伊莱扎·简叫道,"你得早点回来!现在先把早餐的碟子洗干净!"

"知道啦!我回来会洗的。"爱丽丝大声地喊道。

西瓜田非常热,爱丽丝和阿曼乐走进去的时候,西瓜们正躺在枯萎的、干巴巴的叶子周围。阿曼乐知道怎么判

断西瓜熟不熟。他用手指弹弹绿色的西瓜皮,再将耳朵贴近听一听。听声音就能听出西瓜熟不熟了。可阿曼乐和爱丽丝的意见产生了分歧。阿曼乐觉得西瓜熟了,爱丽丝觉得它还是生的。虽然阿曼乐确信这方面他比爱丽丝在行很多,可他也拿不定主意。于是,他们挑了六个较大的西瓜,将它们一个个地拖到冰房里,再搬到又湿又冷的锯屑上。

接着,爱丽丝就回厨房洗碟子了。阿曼乐说自己懒得动,大概会去游泳。不过爱丽丝一离开,他就翻过了牲口棚,偷偷溜进了牧场。那儿有他的小马驹。

牧场非常大,阳光很烈,连空气都被烤得闪烁而颤抖,阿曼乐甚至听得到小昆虫们发出的刺耳鸣声。贝斯和美丽正躺在树荫下,小马驹站在旁边,小小的尾巴摇啊摇,打在细长的小腿上。一岁、两岁和三岁的马儿都在吃草,看到阿曼乐来,它们抬头盯着他看。

阿曼乐慢慢地靠近小马,并伸出手来。其实他的手里什么都没有,他只想靠近马儿爱抚爱抚它们。星光和其他的小马驹摇摇晃晃地向自己的妈妈跑了去,贝斯和美丽抬头看了看,又重新躺了回去。大马驹们都竖起了耳朵。

一匹大马驹向阿曼乐走来,接着另一匹也跟了过来,很快,六匹大马驹都过来了。这时,阿曼乐真希望自己手

农庄男孩
Farmer Boy

上带了胡萝卜给它们啊！这些马儿非常漂亮，它们的身形十分高大，甩着鬃毛，露出了眼白。在阳光的照射下，它们强壮的弓形脖子和胸脯闪闪发光。突然，其中一匹马驹大叫起来："唔！"一匹翘起了蹄子，另一匹发出了长而尖的喊叫声。它们同时仰起头，竖起尾巴，蹄子踩在地上，发出雷鸣般的声响。它们背对着阿曼乐，把褐色的臀部和高高的黑色尾巴对着阿曼乐。阿曼乐知道，这六匹马儿已经在树周围了，就在他的身后。

他转过身后，就看到马驹强有力的蹄子和巨大的胸膛朝着他逼近。它们跑得太快了，几乎停不下来。阿曼乐已经来不及躲避了，他只好闭上眼睛，大叫："唔！"

空气和大地都颤动起来。阿曼乐睁开眼睛，就看到褐色的马儿朝他的头顶跨了过去，阿曼乐正好看到它的膝盖提在空中、圆圆的肚子和后腿越过头顶。它们跑得非常快，像一股褐色的旋风，把他的帽子都刮掉了。阿曼乐惊得目瞪口呆，连三岁大的马驹都能跃过他的头顶呢！所有的马儿飞快地跑过了牧场，这时，阿曼乐看到罗亚尔跑过来了。

"让它们去吧！"罗亚尔叫道。他跑过来是为了警告阿曼乐：爸肯定会因此揍他的。

"这些马儿是不能随便逗着玩的。"罗亚尔边说边揪住

了阿曼乐的耳朵。阿曼乐逃不开，被拧着耳朵一直走到牲口棚。他解释说他什么也没干，可罗亚尔并不理他。

"如果让我再看到你去牧场，我不仅会揍你一顿，还会告诉爸的。"罗亚尔说。

阿曼乐揉揉自己的耳朵，就走开了。他去了鳟河，在深水潭里游泳，直到觉得好受点才出来。他很委屈，他是家里最小的，这对他来说非常不公平。

到了下午，西瓜就冰好了。阿曼乐把西瓜搬到院子里，放在橡树下的草坪上。罗亚尔用宰牛刀在湿淋淋的、熟透的西瓜上切了一刀，西瓜的皮就自己裂开了。

兄妹四人埋头大吃，西瓜片凉凉的，汁又多，非常好吃。直到吃不下了，他们才停下来。阿曼乐调皮地捏了一颗光滑的黑色西瓜籽，朝伊莱扎·简"射击"，却被她阻止了。他慢慢地吃完最后一片西瓜后，说道："我想喂点西瓜皮给露西吃。"

"不许这么做！"伊莱扎·简说，"亏你想得出来，用西瓜皮喂养在前院的又脏又老的猪！"

"她不脏，也不老！"阿曼乐说，"她还很小，也很干净呢！你真该去看看她的床多整洁，她每天都会把自己的床翻起来通风，再铺好。其他的动物可不会这么做！"

"这些我都知道，还知道得和你一样多！"伊莱

农庄男孩
Farmer Boy

扎·简说。

"反正我不允许你说露西脏。她和你一样干净！"

"妈让你听我的话。"伊莱扎·简回应道，"我不会让猪浪费西瓜皮的，我要用西瓜皮做一些果脯！"

"我自己的西瓜皮就够露西吃了！"阿曼乐还没说完，罗亚尔就站起来说道："阿曼乐！我们该去干杂活了！"

阿曼乐就不再说话了，干完杂活后，他把露西从围栏里放了出来。露西长得和绵羊一样白，它很喜欢阿曼乐，一见到他，就卷起又短又小的尾巴扭来扭曲。它尾随着阿曼乐来到屋子里，发出"呼噜呼噜"的欢快声音。伊莱扎·简抱怨她被吵得无法思考。

吃完晚饭后，阿曼乐喂了露西一盘剩菜。他坐在台阶上，用手挠挠露西扎手的后背，露西非常享受。伊莱扎·简和罗亚尔在厨房里为糖果争吵。罗亚尔想吃一点，可伊莱扎·简说要留到冬天晚上吃。罗亚尔不理解，为什么夏天就不能吃糖果？阿曼乐也是这么想的，他走进厨房，站在罗亚尔身边。

爱丽丝说她知道糖果怎么做，她把糖、糖浆和水混在一块煮了。接着，她把糖果倒进了涂着黄油的盘子，再把盘子端到门廊里冷却。他们卷起袖子，拿黄油涂了手，接下来，开始拉糖块了。伊莱扎·简也加入了涂黄油的行列。

露西不停地叫着，对阿曼乐摇尾巴，提醒阿曼乐糖已经冷却了。阿曼乐来到门廊边，顺便拿了一大块软软的、褐色的、已经冷却的糖块，塞进了露西张大的嘴巴里。

接着，他们开始拉糖块了。先将糖块拉成长长的一条，对折后再拉长，每次对折时，大家都要咬下一口。

糖块很黏，把牙齿、手指和脸，甚至头发都弄得黏黏的。糖块本应该越拉越硬的，可实际上却没有。他们拉了很久，睡觉的时间早就过去了，他们只好放弃拉糖块，睡觉去了。

第二天早上，当阿曼乐开始做家务时，露西还站在院子中。它的尾巴不像平时那样摇摆着，而是软软地耷拉下来，头也垂得很低，伤心地摇头皱鼻子。它白色牙齿的地方全部是光滑的褐色条纹。

原来，露西的牙齿被糖黏住了。它没办法吃饭，没办法喝水，没办法卷尾巴，甚至没办法发出"呼噜呼噜"的声音。看到了阿曼乐，它就跑开。

阿曼乐朝罗亚尔大叫。露西围着屋子跑，在灌木丛和紫丁香间穿来穿去，他们也紧紧地跟在后面。露西拼命地跑着想躲避，它发不出声音，它的嘴巴黏满了黏糖。

它飞快地从罗亚尔胯下钻过去，让罗亚尔摔了个大跟头。它破坏了许多蔬果：穿过豌豆，熟透的番茄被压碎了，

农庄男孩
Farmer Boy

连卷心菜也被连根拔了起来。伊莱扎·简不停地让罗亚尔和阿曼乐抓住小猪,爱丽丝也加入了追小猪的行列。

最后,他们围住了小猪。它用力地朝着爱丽丝的裙子冲过去,阿曼乐朝它猛扑过去,死命地逮住了它。小猪一阵乱蹬,将他的衬衫都撕裂了。

阿曼乐放开小猪时,爱丽丝立即抓住它的后腿,罗亚尔负责撬开它的嘴巴,将黏住牙齿的糖刮下来。小猪惨烈地尖叫着,似乎要将前一晚和孩子们追它时没能叫出的尖叫都叫光,它尖叫着钻回了自己的围栏。

"阿曼乐·詹姆斯·怀德,看看你做的好事!"伊莱扎·简训斥道。阿曼乐不敢看自己,也不想看自己。

连爱丽丝都被吓住了,他竟然喂黏糖给小猪吃。另外,阿曼乐的衬衫也破得不成样子了,即使修补了,补丁也会很明显的。

"我才不在乎呢!"阿曼乐说。再过一周妈才会知道呢。

那天他们又做冰淇淋吃了,连最后一个蛋糕也被他们吃光了。爱丽丝说她会做牛油蛋糕,她以前曾做过一次。接着,她就坐在客厅里了。

阿曼乐觉得这样一点也不好玩。可伊莱扎·简却说:"爱丽丝,这不是你可以坐的地方。这是给客人准备的

地方。"

不过，妈并没有说过爱丽丝不能坐在这里，更何况，这也不是伊莱扎·简的客厅。阿曼乐觉得爱丽丝想坐在这里，就坐这里呗。

下午，他溜进了厨房，看看牛油蛋糕是不是做好了。正好爱丽丝从烤箱里端出了蛋糕，蛋糕闻起来非常香，阿曼乐忍不住掰了一小角吃了起来。爱丽丝只好把那片全都切下来，掩盖阿曼乐掰的缺口。接着，他们用最后的冰淇淋搭配两片牛油蛋糕吃。

"我还能再做一点冰淇淋。"爱丽丝说。伊莱扎·简正在楼上，没人看着他们。于是阿曼乐提议道："我们去客厅吧。"

他们轻手轻脚地走进客厅，不发出任何一点声音。合上的百叶窗挡住了灯光，客厅里很昏暗，但还是很漂亮。金白相间的墙纸漂亮极了。妈精心编织的地毯非常精美，让人几乎舍不得踏上去。屋子正中央的桌子镶着大理石桌面，上面摆着高高的、用描金白色陶瓷做成的台灯，台灯上还装饰着一朵朵粉色的玫瑰花。旁边放着一本相册，相册的封面非常精美，是用镶着珠子的红色天鹅绒做成的。

墙壁周围摆着庄严的马鬃衬套椅子，窗户间挂着乔治·华盛顿的肖像，他正严厉地看着阿曼乐和爱丽丝。

农庄男孩
Farmer Boy

爱丽丝把裙摆提起来，坐在了沙发上。沙发上的毛织物太光滑了，让她一下子滑到了地上，不过她担心伊莱扎·简会听到，就不敢笑出声来。接下来，爱丽丝一次又一次地从沙发上滑下来，又一次一次地坐回去，阿曼乐也一样。

每当家里有客人来，他们都不得不坐在客厅里。这时，他们都用脚趾抵着地板，防止自己滑下来。不过现在他们可以自由地滑啦！爱丽丝开心地笑着，没有顾虑地一次一次滑下来玩耍。

接着，他们又去看书架上放着的贝壳、珊瑚和小瓷器，不过他们并没有动手触碰。听到伊莱扎·简下楼的声音后，他们迅速又轻手轻脚地走出客厅，轻轻地合上了门。伊莱扎·简没有发现他们的这个秘密。

这一周好像要永远地过下去，却突然结束了。一天早上，吃早餐时，伊莱扎·简宣布道："爸妈明天就回来了。"

孩子们立即停下了吃饭的动作，他们还有许多事没做呢。还没给花园锄草，还没摘熟透的豌豆和豆子，还没用石灰水刷鸡舍。

"我们要把屋子打扫一遍。"伊莱扎·简说，"今天一定要搅奶油了！但我怎么跟妈解释白糖都没了的事情呢？"

大家都吃不下饭了，他们朝桶里看了看，桶已经见底

了。只有爱丽丝极力表现出一副高兴的样子。

"我们要往好处想。"她说话的语气和妈一模一样,"还有'一些'糖呢!妈只叫我们不要吃光糖。"

这只是糟糕一天的开始。大家都努力地工作,罗亚尔和阿曼乐给花园锄了草,用石灰水把鸡舍刷得粉白,清理了一边奶牛栅栏,还把南牲口棚的地板扫干净了。女孩们打扫了屋子。伊莱扎·简让阿曼乐帮着搅拌奶油,直到搅拌成黄油。她不停地洗、不停地腌,最后将黄油包好放进黄油盆。虽然阿曼乐饿极了,但晚餐只能吃面包、黄油和果酱了。

"阿曼乐,现在把火炉擦亮。"伊莱扎·简吩咐道。

阿曼乐最不喜欢擦火炉,可他又希望伊莱扎·简不会把他喂小猪吃黏糖的事告诉爸妈,于是,他只好拿着黑油和刷子擦炉子了。伊莱扎·简在一边急切地唠叨着:"小心一点,不要洒出来了。"她边说边掸灰尘。阿曼乐当然知道怎么做不会洒出来,不过他什么也没说。

"阿曼乐,水不要用这么多。哎呀!你就乖乖地用力擦吧!"

阿曼乐还是什么也没说。

伊莱扎·简又去客厅掸灰尘了,她叫道:"阿曼乐,火炉擦完了没?"

农庄男孩
Farmer Boy

"还没呢！"阿曼乐回答道。

"天啦！别慢吞吞的了。"

阿曼乐小声地抱怨："你以为你是我老板呢？"

伊莱扎·简问："你在说什么？"

"我什么也没说。"阿曼乐回答道。

伊莱扎·简走到门边，她说："你说了！"

阿曼乐索性喊了出来："是啊，我说，你以为你是我老板呢？"

伊莱扎·简气极了，她喘着粗气，大叫起来："阿曼乐，你等着！我会告诉妈……"

话没说完，阿曼乐的涂料刷子就砸了过来，砸在了伊莱扎·简的头上。接着，又"啪"地弹到了客厅的墙壁上，金白相间的墙纸上留下了一大块黑色污渍。其实阿曼乐并不是真的想扔那把刷子，但刷子还是脱手了。

爱丽丝尖叫起来，阿曼乐掉头向牲口棚跑去，爬上干草棚里高高的草堆。他想，如果他现在年龄更小一些，他会哭出来的。

妈回家后，就会发现他毁了她漂亮的客厅。爸会在柴火棚里用蛇皮黑鞭狠狠地打他。想到这些，他就希望能永远待在草堆里。

直到很久后罗亚尔来干草棚喊他，他才爬出草堆，他

知道罗亚尔一定已经知晓了这事。

"小弟,你会被狠狠揍一顿的。"罗亚尔说,他也很难受,但他帮不了什么忙。因为爸肯定会知道这件事,阿曼乐肯定会挨揍的。于是,阿曼乐说:"我一点也不在乎。"

他仍帮忙做家务,晚餐也吃了不少。因为他要表现给伊莱扎·简看,让她知道:他一点也不在乎。接着,他就去睡觉了。客厅的门已经被关上了,但阿曼乐知道,那一滩黑色涂料在金白相间的墙上是多么显眼。

第二天,爸妈驾着马车回到院子的时候,阿曼乐也和其他孩子一起出门迎接了。爱丽丝悄悄地附在他耳边说:"不要难受啦!也许爸妈不在意呢?"不过她的表情看上去很担忧。

爸高兴地说:"我们回来啦!你们在家乖不?"

"我们很乖,爸!"罗亚尔回答道。阿曼乐回到了屋子里,他没有像平时一样上前给马儿松开缰绳。

妈则一边急急忙忙地查看家里的每件东西,一边解开自己的帽子带。

"伊莱扎·简,爱丽丝。你们俩把屋子照料得和我在时一样呢!真厉害!"她说。

"妈……"爱丽丝小声地喊道。

"孩子,怎么了?"

农庄男孩
Farmer Boy

"妈,我们把白糖吃了一大半呢!你叮嘱过我们不能全吃完的。"爱丽丝终于鼓起勇气说。

妈笑道:"你们都这么乖,我不会因为白糖的事情责怪你们的。"

这时,客厅的门还关着,妈并不知道客厅墙上被染上了黑色涂料。直到第二天她也还不知道。阿曼乐害怕得吃不下饭,妈很担心,她带着他来到食品室,逼他喝了一勺难吃的黑色药汤。这些药汤是妈亲自用草根和药草做成的。

阿曼乐希望妈不知道涂料的事情。但该来的还是来了。

第二天傍晚,他们听到院子里出现了轻便马车的声音,韦伯夫妇来了。爸妈迎接着他们来到餐厅。接着,阿曼乐听到妈说:"咱们到客厅来吧!"

他僵住了,一句话也说不出来。这是他从来没有想到过的局面。妈对她的漂亮客厅非常自豪,她更自豪的是:客厅始终保持整洁。但是,小儿子已经把这份自豪毁了,她还蒙在鼓里。只要一开门,全家人和客人们就会看到那一滩可怕的黑色污渍。

妈打开客厅的门,走进去。韦伯夫人、韦伯先生和爸也依次跟了进去。虽然阿曼乐只看到他们的背,但他能听

161

到百叶窗打开的声音。客厅里灯火通明，过了很久才有人开始说话。

妈说："韦伯先生，这张大椅子舒服，您坐这儿吧！韦伯太太，您就坐在沙发上吧！"

阿曼乐几乎不敢相信自己的耳朵，他听到韦伯太太说："你的客厅实在太漂亮了，我都不敢坐下来啦！"

现在，阿曼乐看到黑刷子打到的地方啦！但那块墙纸上只有纯纯的白色和金色，居然没有一点儿黑色污渍。

妈看到阿曼乐，朝他说："孩子，过来！"他走进去又细细看了看，墙上确实没有一点儿污渍。

"自己出远门，留孩子们在家，你们不担心吗？"韦伯太太问道。

妈自豪地回应道："不会啊！我知道孩子们会像我和詹姆斯一样，把家里照顾得好好的。"

阿曼乐很遵守礼节，他一句话也没说。

第二天，趁没有人在的时候，阿曼乐又偷偷溜进了客厅，他仔仔细细地观察了一番曾经摊满了黑色污渍的地方。这才发现，墙纸被人修过了。新贴上去的补丁正好贴合原先墙纸的花纹，找不出一丝破绽。连阿曼乐差点都辨别不出来了呢！

他逮了个单独和伊莱扎·简说话的机会，问她："客厅

农庄男孩
Farmer Boy

的墙纸是你补上的吗？"

"是的，我在阁楼找了些墙纸碎片，剪了一块覆盖在污渍上。"伊莱扎·简回答道。

阿曼乐生硬地道了歉："对不起！我不是故意用刷子扔你的。"

"我那时气糊涂了！但我也不是真的想那么做，你是我唯一的弟弟啊！"伊莱扎·简说。

这一刻，阿曼乐才真正地知道，自己是多么喜欢伊莱扎·简。墙纸上的黑色污渍将是他们永远的秘密，妈不会再知道了！

旱季的收获

割草的时节到啦！开始磨镰刀啦！爸拿着长柄大镰刀，让阿曼乐一边推着磨刀石，一边在磨刀石上浇水，爸把镰刀的钢面挨着磨刀石，这样在磨刀石的摩擦和水的降温下，镰刀就会磨得很尖又不会很烫啦！

磨好镰刀后，阿曼乐会穿过树林，来到法国人住的小木屋，让乔伊和拉兹·约翰隔天一早来帮忙割草。

第二天一早，当太阳烤干草地上的露珠时，大家就开始干活了。大人们肩并肩地走着，大镰刀在高高的草中挥

农庄男孩
Farmer Boy

舞起来，发出"沙沙沙"的响声，接着，一束束猫尾巴草像羽毛般一片片地飘落下来。

阿曼乐、皮埃尔和路易斯跟在大人们身后，用干草叉将飘落在地上的草束摊开，让草在阳光下晒得更透。麦秆软软的、凉凉的，光着脚踩在上面非常舒服。

太阳渐渐地炙热起来，干草的香味闻起来更甜了，可地面上的热浪却一波比一波烈了。阿曼乐的黑胳膊晒得更黑了，汗水一滴一滴地从额头上渗出来，落到地面上。天气太热了！大人们停了下来，摘了些绿叶摆在帽子顶上，孩子们也有样学样地照着做了。绿叶让大家的头顶凉了一小会儿。

上午过半的时候，妈吹响了午餐的号角。阿曼乐知道喝蛋奶酒的时间到了，于是他将干草叉立在地上，蹦蹦跳跳地穿过草地回到屋子前。妈正在后门廊等他，她的身边放着一个装满冰凉的蛋奶酒的挤奶桶。

蛋奶酒是在牛奶、奶油中加入足量的鸡蛋和糖做成的。酒的表层浮着泡沫，里边还夹着星星点点的香料，一些小小的冰块浮在上面。奶桶外覆着一层薄雾似的细细水珠。

奶桶非常沉，阿曼乐一边提着，一边还拿了个长柄勺，步履维艰地朝干草地走去。他暗暗想着：奶桶装得太

满了，蛋奶酒也许会泼洒出来。妈说浪费是不好的，那么把蛋奶酒泼洒出来也不好吧？他灵机一动，有办法了！他将奶桶放在地上，拿着长柄勺舀了满满一勺蛋奶酒，一口喝了下去。蛋奶酒清凉透顶，从喉咙滑进肚子里，肚子也瞬间冰凉起来了！

当他提着桶来到了干草地，大家都停下了手中的活。他们来到一棵橡树树荫下，将草帽推到脑后，轮流着用长柄勺舀蛋奶酒喝。当所有的蛋奶酒都喝完时，阿曼乐也爽快起来了，连微风也凉爽起来。拉兹·约翰抹掉粘在大胡子上的泡沫说："啊！真是人逢'凉'事精神爽啊！"

接着，大人们又磨了会镰刀，然后，他们又开始起劲地干活了！爸始终觉得，如果在上午和下午，都能喝到足够的蛋奶酒，也休息够的话，一天可以工作十二个小时。只要光线还够看得清手上的活，大家都会一直干活，大人们留在地里，而孩子们提着灯笼干杂活。

第二天早上，猫尾草就干透了，男孩们拿着爸做的十分轻便的木质耙子将干草耙成一行一行的。接着乔伊和约翰继续割草，皮埃尔和路易斯跟在他们后面铺平干草，只有阿曼乐继续留在干草架上干活。

爸用马车将干草架拉到干草地后，就和罗亚尔一起把干草叉到干草架上，阿曼乐站在旁边将干草踩得紧实。为

农庄男孩
Farmer Boy

了赶上爸和罗亚尔叉草的速度,他努力地在闻起来香甜的干草上来回地飞快奔跑着。

当干草架上装满了干草时,阿曼乐就已经站在高高的干草顶上了。爸用马拉着干草架回去的空当,他只能趴在草堆上休息。干草堆太高了,想通过高高的门口都很难,他滑了好一阵子才回到地面上。

爸和罗亚尔把干草叉进干草棚时,阿曼乐也没闲着,他提着水罐去了井边。他压动抽水机把水汲出来后,先用手捧了几捧凉水喝了下去,再装满水罐,将水提给了爸和罗亚尔。接着他又接了一罐水回到干草架上,踩紧另一车干草。

阿曼乐非常喜欢割草的日子。虽然每天都从早忙到晚,但每天都做不同的事情,就像在玩一样,上午和下午还能喝到冰凉的蛋奶酒呢!可才过了三个礼拜,所有干草棚就都被塞满了,草地上的草也都被割光了。接下来农忙的时节到啦!

燕麦熟了!沉甸甸的黄色果实高高地立在地里,小麦也是金黄色的,但色泽比燕麦要深一些。豆子、南瓜、胡萝卜、白萝卜和土豆都熟啦,等着人们去收割呢!

现在每个人都要从早忙到晚啦!妈和姐姐们负责腌黄瓜、青番茄和西瓜皮。为了保存好收获的东西,她们

还会把玉米粒、苹果风干，做成蜜饯。甚至连苹果核都拿来做成果醋。妈还拿了一捆燕麦秆浸在桶里，放在后门廊里。只要她一有时间，就会用它们编织明年夏天要戴的草帽。

割燕麦用的是配架镰刀，和普通的大镰刀不同，配架镰刀也有刀刃，但另外还安着一排长长的木齿，用来卡住割倒的麦秆，这样麦秆就会轻松地留在架子上了。乔伊和约翰每割一捆麦秆，就会把它们放到地上，堆成一堆。爸、罗亚尔和阿曼乐则跟在他们身后，将燕麦秆扎成一束一束。

阿曼乐从没扎过燕麦秆，爸教他怎么把两束麦秆结成一束，怎样把麦秆束当中捆紧，将两头扭在一块塞到当中去。

没多久，阿曼乐就学会捆扎麦秆了，不过他的速度还是不够快。爸和罗亚尔捆麦秆的速度可跟得上割麦的人呢！

太阳下山前，割麦的工作就得停下了，大家一块将燕麦竖成一堆。他们得赶在天黑前将割下的燕麦竖起来，不然，这些燕麦会被夜里的露水泡腐烂。

阿曼乐竖燕麦堆的速度跟大家一样快，他将十捆燕麦麦穗朝上，紧紧地挨在一块。然后，又拿了两捆燕麦，摊

农庄男孩
Farmer Boy

开来堆在十个燕麦捆顶上,看起来像印第安人的小屋。

割完燕麦,就得赶着割小麦了。大家都忙着割麦子、捆麦子、打麦子。小麦比燕麦重很多,因此更加累人,不过阿曼乐和大人们一样尽了全力干活。接下来,还有一块混杂种着燕麦和加拿大豌豆的田要收割。因为混合着种,豆藤和燕麦秆缠在一块,燕麦很难打下来,阿曼乐就拿着耙子将它们摊开。

收白色扁豆的时候早到了,爱丽丝也过来帮忙了。爸拖来木桩,把它们竖在田边,然后拿着一根大木槌将桩子钉到土里。谷子打下来后,爸和罗亚尔会将它们拖到牲口棚,阿曼乐和爱丽丝留下来拔豆藤。

他们先搬了些石头放在桩子周围,防止豆藤直接接触地面。然后他们连根拔起豆藤,将豆藤搬到桩子周围,让它们的根须挨着木桩,再把长豆藤在石头上摊开。

他们在每根桩子旁都围了一圈又一圈的豆藤,由于豆藤根部比藤蔓大,桩子的中央越来越高,连在一块的藤上,挂满了豆荚。

当豆藤堆到木桩顶时,阿曼乐和爱丽丝就在顶部放了一些豆藤,就可以防雨啦!他们堆好了一个后,又接着堆下一个。桩子有阿曼乐那么高,围起来的豆藤也有爱丽丝的蓬裙那么大。

一天，当阿曼乐和爱丽丝在家吃晚饭时，买黄油的人过来啦。他每年都会从纽约市赶来，光看打扮就知道他十分有钱，穿着一身非常考究的都市衣服，带着金表和金链子，赶着一对非常好的马。大家很喜欢他，每回他来这儿，午饭就会变得很热闹。因为他会把纽约市的各种新闻讲给大家听，比如政治、时尚、物价等。

吃过午饭，阿曼乐就要回去干活了，爱丽丝则留下来帮妈卖黄油。

地窖里摆着许多用干净的白布盖着的黄油盆。黄油贩子跟着妈走到这里，妈掀开白布给黄油贩子看。黄油贩子往盆子里放了一根很长的钢制测试棒，测试棒是空心的，侧面还有一道槽。插到盆底后，他就将测试棒抽了出来。这样，测试棒里就有了一条很长的黄油样品了。

妈并没有自卖自夸，她只是骄傲地说："你看下我的黄油就知道了。"

从每个黄油盆里抽出的样品都十分平滑，一点儿气泡也没有，清一色的金黄色，一丝斑点也没有，全都非常结实而香甜。

没多久，阿曼乐就看到黄油贩子赶着马车走了，接着他又看到爱丽丝蹦蹦跳跳地来到了豆田，她正抓着帽带摇太阳帽。见到阿曼乐，她叫起来："你猜他说了什么？"

农庄男孩
Farmer Boy

"说什么啦？"阿曼乐问道。

"他说妈的黄油是他所见到的当中最好的！你猜他多少钱买了？一磅五十美分呢！"

阿曼乐惊呆了，他从没听过黄油有这么高的价格。

"妈整整卖了五百磅黄油呢！"爱丽丝说，"这样总共就有两百五十美元啦！黄油贩子付的是现金，妈正在套马，准备去银行存钱呢！"

没多久，阿曼乐就看到妈戴着她那顶稍稍差一点的太阳帽，穿着黑色的斜纹裙，赶着马车离开了。这还是阿曼乐第一次见到妈在农忙时节的下午到镇上。因为爸还在田里忙，她又不想留这么多现金在家里过夜，于是只好自己去了。

阿曼乐非常自豪，妈应该是全纽约州做黄油做得最好的人了。纽约市的人都会吃到这些黄油，然后一传十、十传百，赞扬这黄油做得如何好，同时猜测这是谁做的。

晚季的收获

圆圆的月亮照亮了黑漆漆的大地，田野里一片金黄，空气中还透着些许霜冻的寒气。玉米都已经被采摘下来了，玉米秆孤零零地矗立着。月亮照到南瓜地上，投下了一片黑影。南瓜正光秃秃地躺在枯叶旁呢！

阿曼乐小心翼翼地将那颗用牛奶养大的南瓜从藤蔓上摘下来了，南瓜长得特别大，大到阿曼乐抱不动它，甚至连让它在地上滚都滚不动。最后还是爸帮忙把南瓜用马车拖进牲口棚，并在上面盖了些干草，现在，就等着赶集日

农庄男孩
Farmer Boy

子的到来了。

阿曼乐把剩下的南瓜都滚成一排,爸用马车把它们拉进牲口棚。最好的南瓜储藏在地下室中,用来做南瓜派,其他的都被堆进了南面的牲口棚。每天晚上,阿曼乐会用短柄小斧切下一小点南瓜,喂奶牛、牛犊以及公牛们。

苹果也熟了。家里的男子汉们在苹果树下架起梯子,爬到树上。大家小心翼翼地摘下漂亮的苹果,放到篮子中。最后,爸慢慢地载着满满一马车苹果,回到家里。阿曼乐帮忙把苹果一篮一篮地搬进地下室,最后小心且认真地把苹果一个一个地装进苹果箱里。因为苹果一旦碰坏了就会烂掉,而整箱苹果都会因这颗苹果而烂掉。

地下室里充斥着苹果和果脯带来的冬天气息。妈已经把奶锅放进食品室了,等到明年春天来临时,再将它放回到地下室中。

把最好的苹果都摘掉后,阿曼乐和罗亚尔就开始用摇晃的方法摘苹果了。摇晃苹果树实在太好玩了,当他们用力摇树时,苹果就会像冰雹似的,一个接一个地砸下来。大家随手拾起苹果,扔进马车里。因为这些苹果是用来做果酒的,他们不用再轻手轻脚地,担心弄坏苹果了。阿曼乐想吃的时候,还可以随便咬一口吃呢!

接下来,要开始收拾菜园啦!爸把苹果拖去榨汁,阿

小木屋的故事
Little House Books

曼乐留在家里拔萝卜、甜菜以及芜菁，再把它们运到地下室里。阿曼乐和爱丽丝配合得天衣无缝。他拔洋葱时，爱丽丝会把洋葱上干掉的叶子编在一起，拿给妈，让妈挂到阁楼里去。阿曼乐摘辣椒时，爱丽丝会用线把红辣椒串起来，就像串小珠子一样串成一串一串的，妈会把这些红辣椒挂在洋葱旁。

那天晚上，爸带回了两大桶果酒，他把酒桶滚进地下室，这些苹果酒够喝到下一年苹果丰收时呢！

第二天早上冷风刮得很大，乌云密布，天灰蒙蒙的。爸看上去一副担忧的样子。必须快点挖出胡萝卜和土豆了。

阿曼乐御寒工作做得很充分，他穿着袜子和鹿皮鞋，戴着帽子，披上大衣，连连指手套都套上了。爱丽丝也一样，她戴好了头巾，围上围巾，大家都准备帮忙！

爸给贝斯和美丽套上了犁，让它们在每排胡萝卜两侧都犁出一道沟，方便拔胡萝卜。阿曼乐和爱丽丝用最快的速度拔着，罗亚尔负责切掉胡萝卜上的叶子，顺手把胡萝卜扔进马车里。爸会把胡萝卜拉回屋里，装在地下室里的胡萝卜桶里。

先前阿曼乐和爱丽丝种下的小红种子，都已经长成两百蒲式耳的胡萝卜啦！足够妈用来做菜，也足够牛马吃整个冬天啦！

农庄男孩
Farmer Boy

拉兹·约翰也过来帮忙挖土豆。爸和约翰用锄头连土豆带泥地挖了出来，爱丽丝和阿曼乐跟在后面捡起土豆来，放进篮子里，篮子装满后，再把土豆倒进马车里。罗亚尔拉着满满一车的土豆回到屋子，将土豆铲进一条通往土豆桶的斜槽。接着，他又驾着空马车回到田野上了。阿曼乐和爱丽丝继续快速地往马车里装土豆。

他们一直劳作到晚上天完全黑下来时。一整天，他们只有中午停下来歇了一会儿并吃了顿午饭。他们要赶在霜冻前收完土豆，不然一整年在土豆地上的辛苦劳作就会都白费了。

"这还是我第一次看到这个时节有这么糟糕的天气。"爸说。

早上，太阳还没出来，他们就又干活去了。厚厚的乌云低低地压在头顶，太阳不知道躲哪儿去了，一直没有出来。田野里的土和土豆都冷冰冰的。一股刺骨的冷风吹了过来，将沙子刮进阿曼乐的眼睛里。阿曼乐和爱丽丝还一副睡眼朦胧的样子，他们都还没睡够呢。尽管他们都想快点儿干活，但手指太冰了，不听使唤。爱丽丝说："我的鼻子好冷啊！为什么有耳罩，但都没有鼻罩呢？"

阿曼乐告诉爸，他俩很冷。爸却说："儿子，快点儿动起来。动起来你们就不冷了！"

他们尝试着动起来，但还是觉得很冷。爸已经第二次

挖到他们身边了。爸说："阿曼乐，用土豆的干茎生一堆篝火来取暖。"

爱丽丝和阿曼乐将好多土豆干茎堆在一起，阿曼乐用爸给的火柴点燃篝火。篝火很快就旺起来，发出噼里啪啦的声音。火焰非常高，几乎要升到空中了，整块田地都暖和起来。

他们忙了很久，只要感到冷了，阿曼乐就马上往火里加些干叶子。爱丽丝的小手都沾满了泥，她伸出手来，慢慢地靠近火取暖，篝火衬得她的小脸蛋像阳光一样闪耀。

"我饿了。"阿曼乐说道。

"我也是。"爱丽丝回应道，"现在应该到吃饭的时间了吧！"

阿曼乐没办法根据阴影来推算时间，因为今天没有阳光。他们接着干活，但一直没听到吃饭的号角声。阿曼乐已经非常饿了，他跟爱丽丝说："等我们挖完这一排土豆，应该就会听到号角声了。"可是号角声依然没有响起来。阿曼乐怀疑号角出问题了，就对爸说："吃饭的时间到了吧？"

约翰朝着他大笑起来，爸回应道："儿子，上午还没过半呢！"

阿曼乐只好继续捡土豆，过了一会儿，爸朝他叫道：

农庄男孩
Farmer Boy

"阿曼乐,如果你饿的话,就埋一颗土豆在篝火的灰里,等烤熟了,可以吃了垫肚子。"

于是,阿曼乐往烫烫的灰里放了两个大土豆,一个是他的,另一个则留给爱丽丝吃。他将热热的灰堆到土豆上,又往火里添了些土豆茎。他们该回去干活了,可阿曼乐仍然站在篝火旁取暖,等着土豆烤熟。虽然他因为偷懒而心里不好受,但好在他的身上已经暖和了许多,他对自己说:"我是不得已才站在这里等土豆熟的。"

可当看到爱丽丝一个人干活时,阿曼乐心里还是不太好受,但他自我安慰道:"我也没闲着,我站在这里给她烤土豆呢!"

突然,他听到细细的"嘶嘶"声,有东西打到了他的脸上,脸被烫到了,眼睛什么也看不见了,他疼得受不了,哇哇地大叫了起来。

接着,他听到了叫声和奔跑声,一瞬间,他感觉到一双大手把他的小手从脸上拉开了,一边扳住他的头,让头往后仰。拉兹·约翰说起了法语,爱丽丝急得哭了,她喊道:"爸呀!爸呀!"

"儿子,把眼睛睁开!"爸说。

阿曼乐试着睁开了眼睛,但也只能睁开一只。爸用拇指努力地把另一只眼睑拨开,阿曼乐感到非常疼。爸说:

177

"幸好没什么大碍，没有伤到眼睛。"

原来一个正烤着的土豆爆开了，滚烫的土豆肉溅到阿曼乐的脸上，幸好阿曼乐的眼睛及时闭了起来，所以只有眼睑和脸颊被烫了一点儿。

爸拿手帕包住阿曼乐被烫到的那只眼睛，就和拉兹·约翰继续干活了。阿曼乐第一次知道烫伤原来这么疼。不过他还是对爱丽丝说，其实并不怎么疼，然后拿了一根小棍子，从灰里拨出另一颗土豆。

"这是你的。"他吸吸鼻子，眼泪哗哗地流下来，顺着脸颊流进嘴里，不过他没有再哭出声来。

"这不是我的，刚才爆掉的那颗才是我的呢！"爱丽丝说。

"你咋知道的？"阿曼乐问道。

"你受伤了，这颗该给你吃。我还不饿呢！"爱丽丝回答道。

"你肯定也饿了。"阿曼乐说，他觉得自己不能再自私下去了，于是他说："咱们一人一半吧！"

土豆的皮已经烤黑了，但里边还是白白粉粉的，十分好吃。他们等土豆凉了一点儿，才吃里边的肉，这是他们有史以来吃过的最好吃的土豆了。吃了土豆后感觉好多了，他们就又接着干活了。

农庄男孩
Farmer Boy

阿曼乐的脸上起了泡,眼睛也肿了起来。中午和晚上妈都给他涂了药膏,第二天就疼得不那么厉害了。第三天天黑后,阿曼乐和爱丽丝跟着最后一车土豆回到了家里。天越来越冷了,爸点着灯将土豆顺着斜槽铲入地下室。罗亚尔和阿曼乐揽下了所有的家务活。他们抢收完土豆的那天晚上,结冰了。

"晚一步就等于晚了一百步啊!"妈说。爸听了却摇摇头。

他说:"这句话说的是我啊!结冰后就会下雪了,我们得加紧把豆子和谷物运回来。"

爸把干草架放进了马车,罗亚尔和阿曼乐和他一起去拉豆子。他们把豆桩和豆藤一起拔了起来,放进马车里。他们轻手轻脚地干活,只要一点点震动,豆子就会从豆荚里震出来,这样就浪费掉了。

他们把豆藤堆到南牲口棚的空地上后,又去把麦堆拉了回来。今年是丰收的一年,爸的牲口棚都快装不下这么多粮食了。麦子堆在了仓前仓后,堆了好几垛呢!为了避免牛儿糟蹋,爸在麦堆旁围了一圈篱笆。

现在,所有的粮食都收好啦!地窖、阁楼和牲口棚都装得满满的,家里储存了足够度过整个冬天的食物和饲料了。大家终于可以好好地歇一会儿,在市集里玩一下了。

赶　集

一个寒冷的早上,全家人都穿了礼拜天才会穿的漂亮衣服,一起出发赶集了。不过妈例外,她穿的是那套稍差一点的衣服,还带了一条围裙,她得去教堂帮忙做午餐呢!

马车后座下,放着一盒果冻、腌菜和果脯,这些是伊莱扎·简和爱丽丝准备放到集市上展览的。爱丽丝还带上了自己做的刺绣!阿曼乐用牛奶养大的南瓜,早在一天前就已经运到集市上了。

农庄男孩
Farmer Boy

南瓜太大了，连轻便的马车也运不下。阿曼乐仔细地把南瓜擦得锃亮后，爸将它抬进了篷车，还在周围小心地垫上了一捆干草，接着就将它运到集市的会展场，交给负责展览的帕多克先生。

那天早上，马隆城的人比独立日还多，人们都赶着马车来到了集市。整个会展场挤满了大大小小的马车，人们像蜜蜂一样挤成一团。旗帜飘扬在空中，乐队正演奏着。

到了会展场，妈就带着罗亚尔、伊莱扎·简和爱丽丝下了马车。阿曼乐跟着爸来到教堂边上的马棚，帮爸松开马套。所有的马棚都停满了马车，人行道上满满地都是盛装打扮、走向集市的人。小马车来回奔跑着，扬起了一阵灰。

"儿子，我们先做什么好呢？"爸问阿曼乐。

"我想去看马。"阿曼乐回答道。爸依了阿曼乐的决定。

太阳已经升得很高了，天空万里无云，暖洋洋的。会展场里涌进了人潮，到处充斥了吵嚷的说话声和走路声，乐队演奏着欢快的乐声，两者相互应和着。马车来来往往。男人们停下脚步与爸交谈，男孩们到处玩，阿曼乐看到弗兰克和镇上的一些男孩去玩儿了，迈勒斯·里维斯和亚伦·韦伯也在里边，不过他还是选择和爸待在一块。

181

他们慢慢地走过看台，穿过教堂建筑。这里其实只是会展场的教堂厨房和餐厅，阿曼乐听到里面传出碗碟的碰撞声，以及女人们喋喋不休的聊天声。妈和两个姐姐也在里头干活。

穿过教堂建筑，就是一排小摊、售货棚以及帐篷了，它们都用色彩鲜艳的旗子和五颜六色的图画装饰着。男人们在大声地吆喝："快来这边！快来这边！这边只要十美分，一角钱！"

"卖橘子啦！好甜的橘子啦！佛罗里达的甜橘子啦！"

"医好人畜！"

"百分百中奖！"

"最后一次！孩子们，快放下手中的钱吧！买定离手！别挤！"

有个小摊上摆着很多黑白条纹的手杖，如果你能将一个圆圈套进手杖，手杖就归你了！还有好多卖橘子、煎饼和粉红柠檬水的小摊呢！有一个摊的摊主是一个穿着燕尾服，带着亮闪帽子的男人。他身前的桌子上有三枚贝壳，他把一颗豌豆放在其中一枚贝壳底下，只要你能说准豌豆在哪枚贝壳里，他就会给你赏金。

阿曼乐说："爸！我知道在哪儿！"

"你确定？"爸问。

农庄男孩
Farmer Boy

"恩,在这个底下。"阿曼乐指着一枚贝壳说。

"好吧,儿子,我们等着看。"爸说。

这时,一个人从人群里挤出来,他在阿曼乐选的那枚贝壳上放了一张五美元的钞票。

摊主掀开了贝壳,里面连豌豆的影子都没有,下一秒摊主就已经把五美元钞票塞进了自己的燕尾服口袋中。接着他又向人们展示了豌豆,并放进另一枚贝壳中。

阿曼乐这下糊涂了,他的确看到那枚贝壳中有豌豆啊,怎么就不见踪影了呢?他问爸,摊主是如何做到的。

"儿子,我也不知道。"爸说,"只有摊主自己知道。这是他的把戏,我们千万不要拿钱赌别人的把戏。"

他们继续向前方的牲畜棚走去,地上被人们踩得满是灰尘。阿曼乐和爸仔细地观察那些漂亮的枣红色、栗色和褐色的莫干马。它们抬着修长的小腿,举起小巧的蹄子,昂着头,眼神温和地看着他们。阿曼乐将每匹马都认真地观察了一遍,但是他没找到一匹比爸去年秋天卖出的小马驹棒的马。

接着他们又去看了纯种马,这些马有着长长的身体和细细的脖子,以及瘦瘦的臀部,他们跑得比莫干马更快,却没那么稳健。马儿很紧张,它们竖起了耳朵,甚至翻出了眼白。

再往那边去就是三匹有着灰色斑点的高达马了。它们的臀部圆鼓鼓、硬邦邦的，脖子很粗，腿部强壮，长着长长厚厚的毛。它们的头非常大，眼神却很安详。阿曼乐还是第一次见到这样的马儿。

爸告诉他，这是来自比利时的马儿。比利时在欧洲，毗邻法国，因此法国人将这些马装船运到加拿大，而加拿大人又辗转着将它们运到美国。爸很喜欢这些马，他说："看看它们身上的肌肉，要是套上了马具，它们肯定拖得动一个牲口棚呢！"

阿曼乐反问道："让马拖牲口棚有什么好处吗？我们又不需要拖牲口棚。一匹莫干马已经足够拉马车了，拉起轻便马车也跑得很快呢！"

"儿子，你说的有道理。"爸遗憾地说着，看了看大马们，又摇了摇头，继续说："喂养这些肌肉发达的马太浪费了，我们也用不着这么好的马。"

跟爸谈论马时，阿曼乐瞬间觉得自己长大了，非常有成就感。

这些大马边上，有一个货摊，被一群男人和男孩围满了，连爸也看不到里头的东西。阿曼乐离开爸，从大人们的腿间往前挤去，过了好一会儿，终于来到了货摊的横栏前。

农庄男孩
Farmer Boy

里头有两只他从没见过的黑色动物，有点儿像马，但又不是马。它们的尾巴非常短，臀部后只有一小撮毛发。鬃毛又短又硬，耳朵很长，竖起来像兔子的耳朵，脸瘦瘦长长的。阿曼乐一直盯着它们看，其中一只还对他竖起了耳朵，伸长了脖子。接近阿曼乐的眼睛时，它皱了皱鼻子，露出黄黄的、尖尖的牙齿，吓得阿曼乐一动也不敢动。这只动物慢慢地张大嘴巴，从喉咙里发出"嗯——昂！嗯——昂！"的叫声。

阿曼乐吓得大叫起来，转身跌跌撞撞地挤出了人群找爸。等他回过神，已经站在了爸的身边，大家都在笑他，不过爸没笑。

"儿子，这是骡子，是杂种马。"爸说，"不过你可不是第一个被吓到的人。"爸边说着，边看着人群。

直到再看到小马驹，阿曼乐才好受了些。一两岁大的小马驹，有些还跟着它们的妈妈呢！阿曼乐仔细地瞧了瞧，最后说："爸，我想要……"

"儿子，你想要什么？"爸问。

"爸，这儿的马没有任何一匹比得上星光，明年你能不能把星光也带到会展上？"

"明年再看吧。"爸说。

接着他们又去看牛。那儿有黄褐色的格恩西种牛和

小木屋的故事
Little House Books

泽西种牛，他们的取名分别来自靠近法国的格恩西和泽西岛。他们又看了来自英国的亮红色德文牛和灰色达勒姆短角牛，以及一些年幼的小牛。有些才一岁大的小牛长得比"星星"和"亮亮"还漂亮呢！另外，他们还看了身强力壮的耕牛。

一路上，阿曼乐都在想，要是爸将星光带到集市上，肯定会拿大奖！

随后，他们又去看了白胖白胖的切斯特白猪和黑黑小小的伯克郡猪。露西就是切斯特白猪，不过阿曼乐还想再拥有一只伯克郡猪。

他们又去看了美利奴细毛绵羊，爸养的也是这种羊，它们的皮肤皱皱的，羊毛短短的却很优质。他们又看了科茨沃尔德长毛绵羊，这种羊的羊毛要比前一种羊长一些，但也相对粗糙一些。爸很喜欢自己的美利奴羊，虽然它们的毛很短，但质量非常好，爸宁愿养来给妈编织东西。

这时已经中午了，可阿曼乐的大南瓜还没见到踪影。阿曼乐肚子很饿，只好和爸先去吃饭了。

教堂餐厅里的人熙熙攘攘，长桌的座位都坐满了人。阿曼乐的两个姐姐正和其他女孩子一起忙着将装满食物的碟子端出厨房。食物的味道很香，阿曼乐光闻着就流口水了。

农庄男孩
Farmer Boy

爸带着阿曼乐去了厨房。厨房里的女人们正忙着干活：切煮好的火腿、烤牛肉片、烤鸡肉，以及洗蔬菜。妈打开一个巨大的烤箱，从里面端出烤好的火鸡和鸭子。

墙边有三只大桶，炉子上煮着水，一根长铁管一头插在桶里，一头插在炉子的水里，将桶和水连在一起。水蒸气从管子往上通到桶中，再从桶的每一条裂缝里冒出来。爸撬开桶，水蒸气霎时像云朵一样溢了出来。阿曼乐朝桶里看了看，里边竟然全是蒸好的土豆，包裹着干净的褐色外皮。一接触到冷空气，土豆皮立时裂开向后卷了起来，露出了里头的肉。

阿曼乐置身蛋糕和各种派之中，他饿得什么都吃得下，却又什么都不敢吃。

最后，他和爸在餐厅里找位置坐下了。大家都开心地边说边笑，只有阿曼乐埋头大吃。他吃了许多东西：火腿、鸡肉、火鸡、肉馅、小红莓果冻……还有许多其他的美食。吃完后，他长长地舒了口气，又接着吃起派来。

刚咬下一口派，他就后悔前面吃了那么多东西了。派实在太美味了。他吃了一个南瓜派、一个奶油冻派，又吃了差不多一整个的姜糖派。他还想再吃一个薄荷派、浆果派、奶油派和葡萄干派，但他实在吃不下了。

接着，阿曼乐和爸一块去看赛马。阿曼乐很高兴能和

187

小木屋的故事
Little House Books

爸一块站在看台上,这样可以看到参赛的马碎布跑着做赛前热身。它们拉着的单座双轮马车在阳光下,扬起了细细的灰。罗亚尔和大孩子们一块,在下面的跑道边上看。

爸说,如果喜欢,允许赌赌马。

"花钱或许会得到满足,但我宁愿买到实惠。"爸说。

看台和阶梯上都挤满了人。马儿们正仰着头,拖着轻便单座双轮马车排成一排,它们用蹄子刨着地,准备开始比赛了。阿曼乐很激动,他觉得那匹苗条的浅褐色纯种马会赢。

有人大叫起来。一眨眼的工夫,马儿们已经飞奔在赛道上,人们一阵欢呼。但突然间,所有的人都停了下来,大家都惊呆了——一个印第安人正在跑道上追马儿跑,他竟然跑得跟马儿一样快!

人们大叫起来,"怎么可能!""我赌两美元,他一定能追上马!""加油,加油!""我赌三美元,印第安人会赢!""看那枣红色的马儿!""看那印第安人!"

马儿在赛道上跑得飞快,就像腾在空中一样,它脚下扬起的灰尘都飘到赛道另一边去了。大家都从椅子上站了起来,大声呼喊着。阿曼乐也在不停地喊。马儿"隆隆"地从下面的跑道跑来了。"枣红马加油!枣红马加油!"

它们的速度太快了,连影子都看不清。印第安人跑得

农庄男孩
Farmer Boy

也很轻松,他跑到终点后,在看台前跳起来翻了个跟斗又稳稳地站住,然后挥动右手跟大家打招呼。

看台上响起了热烈的欢呼声和激动的跺脚声,连爸也大声地叫好!

印第安人只用了两分四十秒就跑完了一英里,和冠军马的速度一样快,他甚至连大气都没喘。再次和仍在欢呼的人们招手示意后,他就跑下了赛道。

枣红马赢了。

还有很多其他的比赛,不过三点马上就到了,该回家了。回家的路上大家都很高兴,有太多东西可以谈啦!罗亚尔套中了一个黑白条纹的手杖,爱丽丝花了五分钱买了根带条纹的薄荷棒棒糖,她将糖掰成两段,分了一段给阿曼乐吃。

回家后,大家干了些杂活就睡了,这种感觉很奇怪。第二天一早,他们又驾着马车出门了,集市还要开展两天呢!

这天早上,阿曼乐和爸迅速地穿过牲口棚来看蔬菜和谷物。阿曼乐第一眼就看到了他的南瓜。它比其他的南瓜都大得多,非常显眼。这时它正和南瓜们一起,堆在一堆灰绿色的东西里,反射出金黄色的光芒。

"不要觉得肯定能得奖,儿子!"爸说,"除了大,质量也要好才行!"

小木屋的故事
Little House Books

　　阿曼乐尽力让自己表现得不在意得不得奖。他跟着爸离开南瓜时，还依依不舍地回头看了看。接下来，他看了上等的土豆、甜菜、芜菁、大萝卜以及洋葱，还用手摸了饱满的谷粒、槽形的白色燕麦粒、白豆、芝麻豆以及加拿大豌豆。他看到各种颜色的玉米棒，有白色的、黄色的，居然还有红白蓝相间的。爸将最好的玉米棒指给他看，玉米棒上的玉米粒长得非常密，连玉米芯的尖头都盖住了。

　　人们悠哉地来回走着看着。很多人都在看南瓜，阿曼乐真想让大家都知道那个最大的南瓜是他种的。

　　吃完饭后，他就快速地赶了回来看评选。人越来越多，有时他不得不离开爸的身边，挤到人群中去看评委们在做什么。三位评委的大衣上都庄重地别着徽章。他们尽量轻声地交谈，避免谈话内容被人听到。

　　评委们用手掂了掂谷粒的重量，仔细地翻看，还嚼了点小麦和燕麦，尝了味道。他们将豆子和豌豆剥开，还从玉米棒上剥下了几粒玉米，确定玉米的长度。在检验洋葱和土豆时，他们拿着折刀把洋葱和土豆一分为二，切成薄片，对着阳光仔细地看。因为土豆最好的部分挨着表皮，透过阳光就能知道这部分的厚度了。

　　评委桌的周围挤满了人，大家都静静地看着。最后，一个高高瘦瘦、留着络腮胡的评委从口袋里掏出一段红丝

农庄男孩
Farmer Boy

带和一段蓝丝带。红丝带代表第二名,蓝丝带是第一名。当看到评委将丝带按照颜色分别系在获奖的蔬菜上,人们才长长地舒了一口气。

下一刻,人们都开始恭喜冠军了。阿曼乐知道,如果他的南瓜没获奖,他也得祝贺冠军,但他真不想这么做。

当评委们走向了南瓜,虽然尽力表现得不那么在乎,阿曼乐的全身还是紧张得发烫起来。

帕多克先生帮评委们取来了一把又大又尖的刀,大个子评委接过刀,使劲全身的力气刺进一个南瓜里,并用力压手柄,最后,他切下了一片南瓜并将它举了起来。所有的评委都在仔细地观察这片厚厚的黄色南瓜肉,又观察了硬皮的厚度以及南瓜籽所在的中空部位。最后,他们切下了几小片南瓜,尝了尝味道。

接着,大个子评委又切开了另一只南瓜,他是按从小到大的顺序挑南瓜的。人太多了,阿曼乐挤在人群中,只能张大嘴巴拼命呼吸。

最后,评委们切开了阿曼乐的南瓜,阿曼乐紧张得快晕了。他的大南瓜里有一个很大的南瓜籽空心,还有很多南瓜籽,瓜肉的颜色比其他南瓜都要浅。阿曼乐不知道这会造成什么影响。评委们尝味道时,他仔细观察了评委们的表情,但根本猜不出什么。

接着,评委们讨论了很长时间,阿曼乐也听不清他们在讲什么。又高又瘦的评委摇着头,拉长下巴,切下了一小片最黄的南瓜,又切了一片阿曼乐的南瓜,将两片南瓜全递给大个子评委。胖子评委不知道说了什么,评委们全都笑了起来。

帕多克先生在桌前俯下身来,说:"下午好!怀德。正巧看到你和你儿子,阿曼乐,玩得开心吗?"

阿曼乐紧张得说不出话,只憋出了一句:"是的,先生。"

高个子评委将红丝带和蓝丝带从口袋掏出来,胖子评委拉拉他的衣袖,大家又碰头讨论起来。

最后,只见瘦高个的评委慢慢转过身。他从外套领上取下一枚别针,穿过蓝丝带。阿曼乐的南瓜离他有点远,他够不着。他拿着蓝丝带的手伸到另一个南瓜上,晃了晃丝带后,又倾斜着身子,缓缓伸出手臂,将别针扎在了阿曼乐的南瓜上。

爸拍了拍阿曼乐的肩膀,阿曼乐长舒了口气,因为太激动了,浑身上下都刺痛着。帕多克先生摇着头,评委们都在笑着。好多人都在恭喜:"怀德先生,恭喜你!你儿子得了第一名呢!"

韦伯先生赞扬道:"阿曼乐,这真是我见过的最好的南瓜了!"

农庄男孩
Farmer Boy

帕多克先生又问道:"阿曼乐,我从没见过比这更大的南瓜。你是怎么种出来的呀?"

这一瞬间,整个世界似乎都静止了。阿曼乐觉得又冷又怕,他几乎想找个地方挖洞钻进去,拿着牛奶浇大的南瓜来参赛应该是不公平的,或许奖项应该颁发给正常长大的南瓜。他担心说出真相后,这个奖会被夺走,大人们也会觉得他是个说谎的孩子。

他看看爸,可爸并没有告诉他应该怎么做。

"我,我只是……我只是锄地,然后……"阿曼乐说着谎,他知道爸也在听他说谎。下一秒,他做了决定。他抬起头认真地看着帕多克先生,继续说道:"这个南瓜是我用牛奶浇大的,可以吗?"

"嗯,可以啊!"帕多克先生回答道。

爸笑起来:"帕多克,务农和制作马车都需要点儿小心思,你说对吗?"

阿曼乐这才发觉自己多么愚蠢,用牛奶浇南瓜的方法是爸教他的,爸才不会教他作弊呢!

接着,他和爸继续在人群中走着。他们又去看了一次马儿,那匹不如星光的小马驹获奖了。阿曼乐打心里希望爸明年能带星光来参展。接着,他们又去观看了竞走比赛、跳高比赛以及投铅球比赛。马隆的男孩子们也参加

了，但所有的比赛几乎都是农庄男孩赢的。阿曼乐一直在想他那获奖的南瓜，心里美极了。

那天晚上驾车回家时，全家人都很开心。爱丽丝的刺绣得了一等奖，果冻也得了蓝丝带。伊莱扎·简拿到了红丝带。爸说这是怀德家族很风光的一天。

集市的最后一天并不好玩，阿曼乐已经厌烦了，却还得穿戴整齐地去集市。三天的集市太长了，他觉得心里很不安，就像做家务时做了亏心事一样。接着，集市终于结束了，阿曼乐很开心，因为所有的事情又恢复正常了。

这年秋天

吃早餐时，爸说："云层变厚了，北风要刮起来了。我们得赶在下雪前收好山毛榉果。"

山毛榉果树种在离小路两英里远的树林里，但离农田仅半英里远。韦伯先生是一个好邻居，他允许爸从他的农田里穿过，去树林。

阿曼乐、罗亚尔和爱丽丝都穿得非常保暖。阿曼乐和罗亚尔戴着帽子，穿着暖和的大衣，爱丽丝则披上了斗篷，戴着风帽。大家一起坐在爸的马车里出发收山毛

小木屋的故事
Little House Books

榉果。

当马车来到石篱笆前,阿曼乐跳下马车搬开石篱笆的石头,让马车能够通过。牧场空旷了很多,牲畜们都赶进了温暖的牲口棚,因此,他们不用急着把石篱笆堆回去。

山毛榉树林里,黄叶都已经落满地面了,在细瘦的树干和光秃秃的树枝下厚厚地积了一地黄叶。山毛榉果也已经掉下来了,它们落在叶子上。爸和罗亚尔拿着草叉小心地叉起树叶以及落在树叶上的山毛榉果,把它们搬进马车里。爱丽丝和阿曼乐在马车里来来回回地踩实沙沙作响的干叶,让马车空出更多空间装更多的干叶和山毛榉果。

每当装满一车,罗亚尔和爸就会驾着马车回到牲口棚,阿曼乐和爱丽丝就留下来一边玩,一边等马车回来。

冷风吹过,阳光越来越少了,松鼠们蹦蹦跳跳着,到处寻找过冬的坚果。有几只野鸭在高空中嘎嘎地叫着,往南方飞去。姐弟俩在树林里玩"印第安野人"的游戏,玩得开心极了。

当阿曼乐玩得厌烦了,就和爱丽丝坐在一根圆木上,吃起山毛榉果了。山毛榉果呈三棱形,是棕色的,并不大,但用牙齿咬开外壳后,就会看到非常饱满的果肉。山毛榉果非常好吃,怎么吃都吃不腻。直到爸的马车回来时,阿曼乐都没吃腻呢!

农庄男孩
Farmer Boy

马车回来后,阿曼乐和爱丽丝又开始踩干叶子了,爸和罗亚尔的草叉也不停地忙碌着,地上的山毛榉果已经越来越少了。

山毛榉果大概花了一整天的时间才收完。寒冷的黄昏来临时,最后一车山毛榉果也运走了,阿曼乐重新将石篱笆堆好。山毛榉果和它们的叶子都已经堆进了南牲口棚的地板上。

那天晚上,爸说:"天阴了,今天晚上应该就会下雪了。"果然,第二天一早,当阿曼乐起床时,就看到外面一片雪白。

爸显得特别高兴。雪已经积了六英寸厚了,但地还没被冻住。

爸说,这是"穷人的肥料",他让罗亚尔把雪犁进田里,因为雪中带着可以让庄稼成长得更好的某种物质。

同一时刻,阿曼乐正在帮爸把牲口棚的木质窗户固定住。他们给每块经夏天风吹雨打后显得松动的木板都钉上了钉子。他们还给四周的墙围上了干净的干草保暖,为了防止大风刮走这些干草,他们特地压上了石块。他们还及时地给房子装了防风的门窗。第一次大霜冻在那个周末来临了。

寒冬到了,杀猪宰羊的时刻到了。

寒冷的黎明，吃早餐前阿曼乐就帮着罗亚尔在牲口棚旁架起了一口大铁锅，往锅里装了足足三大桶的水，并且在锅底下堆砌了石块，点了篝火。

这些活还没干完，拉兹·约翰和乔伊就来了，于是他们只能仓促地吃了几口早餐。这天的任务很重，一共要宰五头猪以及一头一岁大的肉牛。

刚宰完一头，爸、乔伊和约翰就合力抬起死猪，把它扔进正烧着水的铁锅里，烫完后就提出来放到木板上，用屠刀刮掉猪毛。接着就要取出内脏了。他们给处理过的猪绑起后腿，倒挂在树上，然后切开猪肚取出内脏，随手丢进桶里。

阿曼乐和罗亚尔将桶搬到了厨房，妈和两个女孩将猪心和猪肝洗干净，挑出脂肪炼成猪油。

爸和乔伊正细心地给牛肉去毛，小心地将整块牛皮剥下来。这些牛皮是要留下来做皮鞋的。

整个下午，男人们都忙着切肉，阿曼乐和罗亚尔则忙着搬牛肉。大家还把切好的猪肉腌起来了，肥猪肉用盐腌在地窖的桶里，然后把前后腿肉和肩胛肉浸在褐色的腌料中腌制。腌料是妈亲自做的，盐、枫糖、硝石和水混在一起煮沸后，腌料就做成了。这些腌料有股刺鼻的味道，闻了会让人直想打喷嚏。

农庄男孩
Farmer Boy

剩下的猪肉，比如排骨、心脏、脊骨等，甚至连碎肉都储存在了放柴火的阁楼里。那些碎肉可以用来做香肠呢！牛腿也被爸和乔伊挂在了阁楼里。整个冬天，阁楼里的肉都会处在冰冻的状态。

晚上时，所有的屠宰工作都已经完成了。乔伊和拉兹·约翰带着他们的报酬——鲜肉，吹着口哨回家了。晚餐很丰富，妈烤了猪排骨，阿曼乐非常喜欢啃那些长长弯弯、又扁扁的骨头肉，他也很喜欢涂在奶油土豆泥上的褐色猪肉汁。

接下来整个礼拜，妈和姐姐们都很忙，阿曼乐也被妈叫到了厨房里打下手。他们把肥猪肉切成片，放在炉子上的大锅中熬成油。接着，妈会用白布将干净的热猪油过滤到石瓮中。

过滤完后，妈会把白布上的猪油挤干，白布上会留下焦脆的猪油渣，阿曼乐很喜欢吃，他时不时地会偷吃一点。但妈觉得猪油渣对他来说太油腻了，为了防止阿曼乐偷吃，她将猪油渣全收了起来，留着给玉米面包调味。

干完这些后，妈并没有歇下来，她开始做猪肉冻。她把五个猪头煮烂，当猪头的肉从骨头上掉下来时，骨头里的骨胶也被熬出来了。这时，她会取出猪头，切碎、调味，和肉汤混在一块，倒进盘子里冷却。过一段时间，猪

肉就变成了一块块肉冻,看上去很像果冻。

接下来,妈开始做肉馅了。她取了最好的几块牛肉和猪肉,将它们煮熟后切成肉末,再加入各种调料:葡萄干、香料、醋、糖、苹果丁以及白兰地,搅拌好后,肉馅就做好了。闻起来很香,妈将搅拌调好的肉馅倒出来后,钵里还留下了零星的肉馅,妈给阿曼乐吃了。

阿曼乐不停地绞用来做香肠的碎肉。他往绞肉机里放了肉,然后一圈一圈地转手柄,时间一个小时接一个小时地过去了。终于,他磨完了,他高兴极了。妈给绞好的碎肉调味后,顺道将它们捏成了大肉球。阿曼乐搬着它们去了柴火屋,把它们堆在干净的布上,冻着。这个冬天的每个早上,妈都会取出一个肉球,将它捏成小小的肉饼,煎了当早餐吃。

屠宰工作结束后,就要开始做蜡烛了。

做蜡烛的材料是牛板油。妈把大锅擦干净,装满牛板油后加热。当牛板油融化时,阿曼乐趁机用线串蜡烛模具。

一个蜡烛模具上有两排固定在一块的锡管,每排有六根锡管,总共是十二根。每根锡管都是顶端开口,底下逐渐变细,到了底部,就只剩一个尖儿了,而尖儿上面都留着一个小孔。

农庄男孩
Farmer Boy

妈给每根管子都剪好了一截烛芯。她将烛芯对折，再绕在一根小棍上，捻成一根短短的绳子。接着，她用嘴巴舔湿大拇指和食指，将绳子末梢捻得尖尖的，捻好六根后，妈把它们分别塞进了六根管子里，把小棍横在管子的顶部，然后将烛芯绳的尖头穿出管子尖上的小孔。阿曼乐负责固定住烛芯绳，他把每一根绳子都拉紧后，将一颗生土豆插进了锡管的尖端。这样，烛芯绳就固定好了。

当每个锡管中间都插了一根拉得紧紧的烛芯绳后，妈就小心地给锡管灌满牛板油。接着，阿曼乐会把模具搬到屋外冷却。

当牛板油变硬后，他会将模具再搬进屋，拿掉插在上面的土豆。妈把模具浸在沸水里，接着又把棍子提起来，这时，每根棍子上都连着六根蜡烛了。

接下来，阿曼乐会把小棍上的蜡烛割下来，再把烛芯绳的末端修得平整些，留下适合点火的长度。做完这些后，光滑笔直的蜡烛就做好了。

一整天，阿曼乐都帮着妈做蜡烛。等黑夜来临时，他们已经做了足够用到明年屠宰时节的蜡烛了。

鞋 匠

妈着急了,因为阿曼乐的鹿皮鞋已经烂了,罗亚尔也穿不上去年的靴子了,但鞋匠还没来,他再不来,孩子们的脚就要冻坏了。

现在,罗亚尔、伊莱扎·简和爱丽丝该去上学了,可鞋匠还没来,孩子们都没鞋子穿呢。

妈用剪刀裁剪了编织好的漂亮灰色羊毛布,给罗亚尔做了一套帅气的服装:一套新西装、一件配套的厚大衣,还有一顶带着护耳罩的帽子,耳罩能用纽扣扣上呢,就像

农庄男孩
Farmer Boy

从店里买来的一样。

伊莱扎·简和爱丽丝都有新裙子。妈给伊莱扎·简做的是深红色的，爱丽丝的则是靛蓝色的。姐姐们自己动手拆了旧裙子和圆帽，用海绵仔细地擦洗干净，熨平后，再翻过里子缝起来，看起来就像新的一样。

到了傍晚，妈的缝衣针仍然飞快地忙个不停，妈在给孩子们做新长袜呢！因为她缝得太快，针头都磨得热起来了。不过鞋匠仍然还没来，孩子们依旧没有新鞋穿。

不过女孩们的裙子倒是能遮住旧鞋子。最尴尬的是罗亚尔了。他身上穿着漂亮的新西装，脚上却无奈地套着旧鞋子，还露出了白色的袜子。可是，谁让鞋匠没来呢？

上学的时间到了。阿曼乐跟着爸去干杂活，透过每一扇窗户，都能看到烛光，不过，阿曼乐在牲口棚里没看到罗亚尔的身影。

吃早餐时，罗亚尔和姐姐们都已经穿戴好了。他们吃过早饭后，爸就去套马了。阿曼乐拖着毛毡下了楼，他由衷地希望爱丽丝不要去上学。

雪橇铃声在门前响了起来，妈微笑着，用围裙擦了擦眼睛。大家往门口的雪橇走去，马儿用蹄子刨地，带动铃铛发出响声来。爱丽丝把围毯盖在宽摆裙上，爸把马儿的缰绳松开之后，雪橇就滑动起来了。爱丽丝隔着黑色的面

纱喊道:"再见!再见!"

阿曼乐非常不喜欢这一天。四周的一切看上去都太安静、太空旷了!他独自一人和爸妈一块吃饭。罗亚尔不在,干杂活的时间提前了。阿曼乐很不喜欢爱丽丝不在屋子里的感觉,他也特别想念伊莱扎·简。

躺在床上后,阿曼乐仍然醒着,他在想哥哥姐姐们在五英里以外的地方干什么。

第二天早上,终于盼来鞋匠了!妈开了门之后,生气地对他说:"您总算来啦!晚了三周呢!我的孩子们都没鞋穿,只能光着脚!"

不过因为鞋匠的脾气太好了,妈不好意思生气太久。再说,这也不是鞋匠的错,他为一户人家的婚礼做鞋子,在那待了三个礼拜。

鞋匠是一个乐观开朗的胖男人。当他咯咯地笑时,脸颊和肚子上的肉就会抖动起来。他在餐厅的窗户下架起了鞋匠长椅,并打开了修鞋的工具箱。与此同时,妈已经被他的笑话逗笑了。爸把去年存的深褐色牛皮取了过来,一整个上午他都在和鞋匠讨论皮革的事。

午饭吃得很开心。鞋匠讲了许多新闻,赞美了妈的厨艺,还一个劲儿地说笑话。逗得爸哈哈大笑,妈也不例外,她连眼泪都笑出来了。接着他咨询爸要先做什么鞋。

农庄男孩
Farmer Boy

爸说:"先做阿曼乐的靴子吧!"

阿曼乐几乎不敢相信。靴子是他梦寐以求的,不过他一直以为要等到他的脚不再长时,他才能拥有一双靴子呢!

"詹姆斯,你会把儿子宠坏的。"妈说。不过爸回答道:"他已经长大了,可以穿靴子了。"

阿曼乐打心眼里希望鞋匠马上开始给他做靴子。

鞋匠先观察了一番火棚里的木料,他在找一块干透、纹理笔直细密的枫木料。

找到后,他拿了一把小锯子,锯下了两块厚度不一的薄板,一块一英寸厚,另一块则是半英寸厚。他量了一下,又锯平木板的四个角。

他拿着木板坐在鞋凳上,并打开了工具箱。工具箱里有许多小隔间,每一个隔间里都整整齐齐地摆着各种补鞋用的工具。

鞋匠把枫木放在长凳前,从工具箱里拿出一把又长又锋利的刀。他用刀在木板的表面削出了一道道凸起的沟纹,接着他转过模板又横着削出几道沟纹来,交叉的沟纹形成了一块块小小的有尖的凸起。

他拿着一把细刀对准两道凸起中间的槽,轻轻用锤子敲击,一小条木屑就飞了出来,槽形成了 V 字凹痕。就

这样，他移动着刀锋，再用锤子轻轻敲击，最后整块木板都成了带锯齿的长条。接下来他一手拿着长条的一端，一手把刀插进V字凹痕里，整块地切下来，每切断一处，一根鞋钉就做成了。木钉长度均匀，每根长一英寸，头部尖尖的。

他又把那块薄点的枫木削成了长半英寸的木钉。

做好准备工作后，鞋匠开始量阿曼乐的脚，准备给他做鞋子了！

阿曼乐把鹿皮鞋和袜子脱下来，光脚站在一张纸上，鞋匠认真地用铅笔绕着他的脚在纸上画出轮廓，接着又量了脚各个方向的尺寸，记下数字。

现在，阿曼乐自由啦，他帮着爸去剥玉米。他有用来剥玉米的小小的木钉，和爸那个大的一模一样。木钉上有个皮带，他把它扣在右手手套上，木钉竖在大拇指和其他手指之间，就像阿曼乐的手多出了一个手指一样。

他跟着爸来到玉米堆旁，坐在挤奶凳上。他们将玉米从玉米秆上剥下来，大拇指和剥皮木钉一起用力，压住玉米棒的外皮并剥掉，这样，玉米秆就光溜溜的了，他们把玉米棒扔到篮子里。

玉米秆和沙沙响的长干叶堆在一起，那些小牲畜会吃掉这些干叶的。

农庄男孩
Farmer Boy

他们先把手够得着的玉米都剥皮了,再把凳子慢慢地往玉米堆的深处移去。剥掉的外皮和秆都堆在他们身后。篮子的玉米棒装满后,爸就把它们倒进储藏箱里,储藏箱慢慢地也满了。

因为几个大牲口棚挡住了冷风,谷场上倒不显得特别冷,玉米堆上连干雪也没有。阿曼乐的脚很疼,他一直惦念着自己的新鞋子,但是得等到晚饭时才能去看看鞋子做得怎么样了。

那一天鞋匠削了阿曼乐脚大小的木质鞋楦。鞋楦倒立在长凳的一根长木钉上,一分开就是两只。

第二天早晨,鞋匠开始做鞋底和鞋面的皮子。鞋底是从牛皮中最厚的中间部位剪出来的,而鞋面则选用最软的皮子制作。接着他又给鞋线打上蜡。

他右手拉着麻线,左手拿着蜡团,麻线从蜡团上拉过,接着用右手掌在他的皮围裙上搓线。如此反复,蜡发出"噼啪"的响声,鞋匠的手臂一会儿上一会儿下,最后,麻线都打上了亮亮的蜡。

接着,他拿着一根硬硬的猪鬃紧贴着麻线两端,一边上蜡,一边搓线,最后猪鬃被蜡紧紧地粘附在麻线上。

他终于要开始缝皮靴了。他先把用来做一只靴筒的几块牛皮叠在一起,用虎头钳固定住。牛皮的边缘裸露出

207

来，均匀又结实。鞋匠用锥子给这叠牛皮穿了个洞，拿着两条鬃毛分别从洞的两边穿过去，然后胳臂用力地拉紧线头。接着他开始钻洞，拉鬃毛，直到上蜡的线全陷进牛皮里。这仅是一针。

"看看这条缝线！"他说着，"穿着我做的靴子，就算踩到水都不会湿脚。我缝的靴子从不会渗水的。"

他一针接一针地缝靴筒。缝完之后，靴底还得泡在水中，要泡整整一夜才行。

第二天早上，他把鞋楦底部朝上，放在长木钉上，鞋楦上还放着做内层靴底的牛皮，再把靴筒套在鞋楦上，靴筒的边缘折叠起来，包裹住了内层靴底。放在最上面的就是厚厚的外层靴底了。这就是靴子，倒放在鞋楦上的靴子。

鞋匠用锥子在鞋底的边缘扎了几个眼儿，每个眼儿中都塞了根短短的枫木钉。他用一块很厚的皮做靴子后跟，拿长枫木钉固定住。靴子就算完成了。

经过一晚上，潮湿的靴底就干透了。第二天上午鞋匠拿出鞋楦，用锉刀锉平靴子里凸起的木钉尖。

阿曼乐穿上了新靴子。新靴子十分合脚，鞋跟踩在厨房地板上"噔噔"作响，神气极了。

周六上午，爸驾着马车去马隆接回了爱丽丝、罗亚尔

农庄男孩
Farmer Boy

和伊莱扎·简,让他们也来量脚。妈给他们做了一顿丰盛的午餐。阿曼乐徘徊在大门口,等着见爱丽丝。

爱丽丝一点都没变,她甚至跳出了马车,大声说:"哈哈,阿曼乐,你有新靴子啦!"她在学校里学的是怎么做淑女,于是她给阿曼乐讲了她的音乐课和礼仪课的情况,但她还是觉得回家是件让人高兴的事情。

伊莱扎·简变得更爱指手画脚了。她说阿曼乐的靴子响声太大,甚至还对妈说,爸用碟子喝茶实在让她太丢脸了。

"如果不那样喝,茶要怎么凉下来呢?"妈问道。

"现在不流行用碟子喝茶,"她说,"体面的人都拿杯子喝茶。"

"伊莱扎·简!"爱丽丝叫出来,"你不觉得羞愧吗?爸跟所有人一样体面!"

妈也停下手里的活,从洗碗盆里抽出手,转而面向伊莱扎·简。

"小姐,"她说,"如果你一定要炫耀你良好的教育,那就告诉我碟子的来历。"

伊莱扎·简张了张嘴,又闭上,看上去蠢极了。

"它们产自中国,"妈说,"是两百年前,荷兰水手第一次绕好望角航行时,从中国带回来的。在那之前,人们

小木屋的故事
Little House Books

都是用茶杯来喝茶，因为大家还没有茶碟。自从有了茶碟大家就用碟子喝茶了。既然两百年来人们都这么做，我们现在自然可以继续做。我们可不想为了你在马隆学院学到的新时尚，改变喝茶的习惯。"

伊莱扎·简立即闭上了嘴。

罗亚尔没说话。他换上旧衣服，做着家务活，但他好像对这些事并不是很感兴趣。那天夜里他对阿曼乐说，他想当一个小店店主。

"如果你天天都在田里做苦工，那你就会比我笨了。"他说。

"可我喜欢马呀。"阿曼乐回答道。

"马又不是农夫才有，店主也有呀，"罗亚尔反驳道，"而且他们每天都会穿得很好很整洁，他们坐的是篷车。城里还有马车夫给他们赶马车呢。"

阿曼乐一句话也没回，他没见过马车夫。他只想驯马，赶自己的马。

第二天上午，全家人一起去了教堂。罗亚尔、伊莱扎·简和爱丽丝留在了学校，鞋匠又来到农庄。每天，鞋匠都吹着口哨，在餐厅的长凳上干活。当他把全部的靴子和鞋子都做完，时间已经过去两周了。他把长凳和工具箱搬进小马车里，驾着马车赶去下一个主顾家了，这样，整个屋子又冷清下来了。

那晚,爸对阿曼乐说:"儿子,我们已经剥完玉米皮啦。明天我们做一辆雪橇给星光,好不好?"

"啊,爸!"阿曼乐说,"我能——今年冬天你能让我去木料场拉木头吗?"

爸的眼睛闪着亮光。"难道雪橇对你来说还有别的用处么?"他问。

小 雪 橇

第二天阿曼乐和爸驾着雪橇去树林时,雪已经下起来了,一片片鹅毛般的雪片飘落下来,假如你屏住呼吸认真听,就能听见雪花飘落的柔软声音。

爸和阿曼乐踩在柔软的雪上,走进森林,寻找长得直挺的小橡树。选定了之后,爸负责砍倒它,并削去上面的枝条,而阿曼乐则将树枝整整齐齐地堆在一块。

他们很幸运地找到了两根稍稍弯一些的小树,这是用来做弧形滑板的。他们接着要找直径五英寸,直着长出六英寸后又长弯的树干。这可难找了，整片树林里是没有两棵一模一样的树的。

"儿子，在这儿肯定找不到两棵一样的。连两片一样的叶子都很难找到。如果你仔细观察，会发现每个东西都是独一无二的。"爸说。

他们只能找两棵长得相似的树。爸砍下它们后，阿曼乐帮着装进了大雪撬，就该回家了。他们回到家时，正好赶上吃午饭的时间。

那天下午，阿曼乐和爸一块做小雪橇，他们坐在大牲口棚的空地上，爸把滑板的底部刨得十分平滑，在底部的前后端各挖出了一个平槽，接着开始削两个横杆。横杆要十英寸宽、三英寸厚、四英尺长，而且必须能侧着立起来。爸用木板削了两个横杆，并削了角，还在底部削了个弧形，这样，不仅让它正好卡进滑板的平槽里，底部的弧形还能让雪橇轻松地通过路上的深雪。

爸并排放好了两块滑板，滑板之间间隔三英尺半，接着，爸把横杆安在上面，但并没固定好它们。

他接着做了两块表面平整、六英尺长的厚木板，将木板放在横杆上，与滑板平行。

紧接着，爸拿着螺旋钻，在木板上钻了个孔，螺旋钻穿过木板，挨着横杆一侧，将滑板穿透了一半。随后又

在横杆的另一侧钻了个同样的孔，并在孔上各钉了根结实的木钉，将横杆紧紧地卡在中间。于是，小雪橇一角的木板、横杆和滑板便固定住了。

现在，要用同样的方法固定住小雪橇的另外三个角。爸和阿曼乐分了工，爸钻孔，阿曼乐敲钉子。很快，小雪橇的主体部分已经做好了，只要再将横杆与滑板固定在一块就行了。

爸给滑板靠近横杆的角钻了个横向的孔，把剥掉皮、两端削得尖尖的细木杆插入孔里，阿曼乐帮着爸将木杆固定住了。

接着，爸又分别在木杆挨着滑板的地方钻了两个孔，以便装上雪橇的辕杆。辕杆是爸用小榆木做的。榆木比橡木更硬，弹性也更好。它长十英尺，一头粗，一头细。爸在榆木的细头套了个铁环，然后用锤子敲打着铁环，让它往下滑，一直敲到铁环紧紧地套住细头为止。这时，铁环离粗头仅两英尺半远了。接着，他把榆木的粗头劈成两半，一直劈到铁环那儿。这样，铁环就能固定住上面的部分，让它不会裂开了。

爸将分开的两端削得尖尖的，分别敲进木杆的两个孔中。他又在两条辕杆和木杆相交的地方钻了孔，往孔中打了木钉。

农庄男孩
Farmer Boy

在靠近辕杆的细头，爸钉进去一根长长的大铁钉，一直穿透辕杆，从下面伸出来。这样，辕杆的细头穿过牛轭的底部铁环后，当牛轭一后退，铁环就会抵住铁钉，辕杆就会使雪橇后退。

这样雪橇差不多就做好啦，该去牲口棚干杂活儿啦。可阿曼乐想等雪橇装上车架再离开去干活。于是，爸快速地在木板上钻了直达横梁的孔，阿曼乐往每一个孔里塞了四英尺长的木桩。木桩很高，立在雪橇的四个角上，这样，当他去林场拖木材时，木桩就会挡住圆木，不让它们滚下来了。

暴风雪要来了。那晚，当爸和阿曼乐提着满满的奶桶回到家时，雪花已经开始飞扬，大风凄厉地呼啸着。

阿曼乐希望雪可以积得厚一点，这样他就可以用雪橇拉木材啦。但是爸听着暴风雪的声音时，告诉阿曼乐，第二天不能外出干活儿，他们只能待在家里，不过正巧可以打麦子。

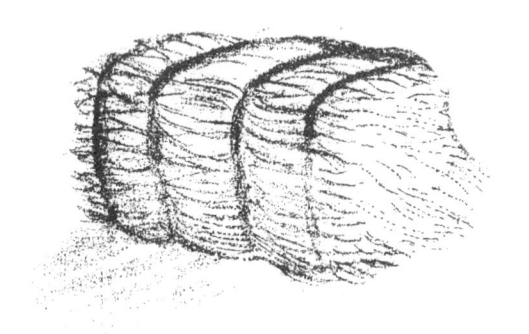

打 麦 子

  暴风雪来了,窗外黑漆漆的,寒风叫嚣着,雪花飞扬,哀嚎声从雪松林里传出来,苹果树光秃秃的枝条打在一块,像骨头碰撞在一起似的,发出"噼里啪啦"的响声。

  尽管被风吹雨打,牢固的牲口棚依然屹立不动,棚内可温暖了。

  走进牲口棚后,阿曼乐把门闩上了,把暴风雪的声音拦在了门外,牲口棚里顿时显得安静了许多。马儿站在马

农庄男孩
Farmer Boy

厩里低声地叫着,马驹们抬起头,用蹄子刨地,奶牛们站成了一排,安静地摇着尾巴。

阿曼乐轻轻抚摸马儿柔软的鼻子,望着有着亮晶晶眼睛的马驹。随后他去了工具室,连枷的手柄掉了,爸正在那儿修连枷。

连枷是一个用硬木做成的棍子,有三英尺长,形状像扫帚把一样,一端有个孔。手把长五英尺,一头有一个圆球。

爸拿着一条牛皮,穿过连枷的孔,把牛皮的两端钉在一块,牛皮就变成了一个圆形的皮环。接着他又拿出另一条牛皮,在牛皮的两头各划了一道口子,将它穿过皮环,把开口固定在手柄的圆球上。这样,连枷和手柄连在了一起,可以轻松地朝任何方向转动连枷了。

阿曼乐有一个和爸一样的连枷,不过他的还很新,不需要修。爸修好连枷后,和阿曼乐一起走向了南牲口棚的空场,他们要去打麦子。

即使牲口们吃光了南瓜,空场上仍然留着南瓜的味道。山毛榉果叶带来了森林的气息,小麦散发出干干的干草味。屋外,暴风雪仍在下着,风发出刺耳的呼啸声,雪仍飘扬着,而南牲口棚里依然安静而温暖。

爸和阿曼乐解开了几捆小麦,将它们摊在干净的木地

板上。

阿曼乐问爸为什么不租打谷机。去年秋天的时候，乡下来了三个人，他们带来了一台打谷机，爸也去看了。打谷机工作起来很有效率，几天之内就能把全家人收获的全部谷物打好了。

"用机器打谷，是懒人的做法。"爸说，"欲速则不达。懒人只求速度，但机器会把草都吃进去，到时候喂牲口的粮食就不够用了。再说，它还会把谷子撒得到处都是，太浪费了。"

爸继续说："儿子，打谷机节省的只有时间而已。可是，如果没事做，时间拿来干什么呢？你要一整个冬天都干坐着，玩自己的手指头吗？"

"我可不想。"阿曼乐说。这种滋味他光在礼拜天就受够了。

他们在地板上铺了一层约两三英尺厚的麦秆。接着就面对面坐下来，握着连枷的手柄，抬到头顶高，朝麦子用力地打下去。

打麦子是很有讲究的，爸和阿曼乐依次有节奏地打，爸的连枷打一下，阿曼乐的再打一下，接着是爸的，然后是阿曼乐的，如此周而复始。连枷打到麦子上，发出"砰、砰、砰、砰"的声音，就像独立日正步走时伴奏的

农庄男孩
Farmer Boy

音乐声，也像打鼓的声音。

打过的麦秆有一股淡淡的香味，像成熟庄稼经过太阳的暴晒后的味道，麦粒从麦壳里脱落出来，又从麦秆里漏出来。

因为长时间挥舞连枷，阿曼乐累极了，幸亏马上要换成用干草叉抖麦粒了。他轻轻地把麦秆抬起来，抖了几下，褐色的小麦粒就从麦秆里跑了出来，落到地板上。接着，阿曼乐就把麦秆扔到一旁，他和爸又在地板上铺了一层麦子，拿起连枷继续干活。

脱落的麦粒在地板上堆积了一定厚度后，阿曼乐就拿着一个木制的大铲斗把麦粒铲到一旁去。

当这一天结束时，小麦已经堆得像座小山那样高了。干杂活前，要筛选好麦粒。阿曼乐把风选机前的地板拖干净，爸将麦粒铲进风选机的漏斗后，阿曼乐就开始摇动风选机的手柄。

风选机里，风扇不停地旋转着，麦麸被吹了出来，干净的小麦粒从风选机的侧面滑下来，在地板上堆成一堆。阿曼乐抓了一把塞进嘴里，嚼起来非常甜，香味在嘴里持续了许久。

他一边吃着小麦粒，一边把粮食袋撑起来。爸把小麦粒装进袋中。不多久，装满小麦粒的袋子已经靠墙排了一

排，这就是今天干活的成果了。

"我们尝试一下把山毛榉果放进风选机里，怎么样？"爸提议道。于是，他们把山毛榉果倒进了风选机的漏斗里，风扇吹走了山毛榉叶，三棱形的褐色坚果从风选机的侧面掉了下来。阿曼乐拿着袋子装，一共装了满满一袋呢！这些山毛榉果可以等到晚上时，在火炉旁吃。

干完了这些活，他就吹着口哨干杂活去了。

整个冬天，有风雪的夜晚，阿曼乐都要帮着爸打谷物。打完小麦打燕麦，接着是蚕豆和加拿大豌豆。这样，谷物就绰绰有余了，不仅够喂牲畜，连磨面粉的小麦和黑麦也够了。阿曼乐很勤快，之前，他把过地，帮着收割，现在又要帮着打谷物。

不仅如此，他还帮着喂奶牛，还有那些把头伸到马厩外叫得很热切的马儿，以及饿得咩咩叫的绵羊，当然，还有呼噜呼噜叫的猪。他很想跟它们说："相信我吧！我已经长大了，可以把你们照顾好了。"

喂好牲口后，他要去吃晚饭了。他走出牲口棚，不忘关了门。牲畜们都吃饱了，牲口棚里很安逸很暖和。阿曼乐拖着疲倦的身体，穿过寒风，来到厨房享受丰盛的晚餐。

圣诞节到啦

圣诞节到啦！这一天的晚餐是一年中最丰盛最热闹的，因为安德鲁叔叔、迪莉娅婶婶、韦斯利叔叔以及琳迪婶婶会带着所有的堂兄弟、堂姐妹来家里吃饭。这一天，表现好的男孩还能在长袜中找到礼物，可表现差的只能在圣诞节的早上得到鞭子了。阿曼乐一直努力地做一个乖孩子，可时间太长了，他差点就坚持不下去了。

圣诞节前最后一天，哥哥姐姐们都回家帮忙了。姐姐们在打扫屋子，妈在烤食物，罗亚尔帮爸打谷物，阿曼乐

不得不在屋里帮忙。他很不乐意,但一想到皮鞭,他只能尽力表现出一副很高兴的样子。

他要冲洗钢制的刀叉,擦拭银餐具,还得把围裙系在脖子上。他拿出冲刷用的红砖,擦去从上面落下的红灰,用一块湿布蘸着红灰来回在刀叉上擦拭。

厨房里充满了食物的香味,刚烤好的面包正在冷却,食品柜上堆满了霜糖蛋糕、饼干等好吃的东西,小红莓在炉子上煮着直冒气泡。妈在做烤鹅的填料呢!

屋外,阳光照在白雪上,反射出亮光,一根根冰柱垂在屋檐下,微弱的雪橇声从远方传来,夹杂着从牲口棚传出的连枷打谷声。阿曼乐擦完钢刀叉后,又擦起银餐具来。

做完清洁工作,他又跑起腿来。他跑到阁楼里拿了鼠尾草,又跑到地窖里拿了苹果,最后上了阁楼拿洋葱。接着,他又给木柴箱添满木柴,又忙着出门提水。干完这些,他还得把火炉朝向餐厅的那面擦亮。

不过妈却对伊莱扎·简说:"客厅那一面你来擦吧!我担心阿曼乐会把黑油溅出来。"

阿曼乐心里咯噔了一下,他担心客厅墙上黑印的事情会被妈知道。他可不想在圣诞长袜里看到鞭子,不过比起被爸拎到柴火屋里,阿曼乐更愿意选择拿皮鞭。

那一个晚上,全家人都累坏了,屋子里干净得让人都

农庄男孩
Farmer Boy

不敢碰了。吃完晚饭后，妈把填着填料的肥鹅和小乳猪放进烤箱，它们要在烤箱里慢火烤一整个晚上呢！爸把烤箱的风门关好后，就给钟上了弦。阿曼乐和罗亚尔在一张椅背上各挂了个干净的长袜，爱丽丝和伊莱扎·简的挂在另一张椅背上。

然后，大家都熄灭了蜡烛，上床睡觉了。

阿曼乐太兴奋了，第二天天还没亮，他就醒来了。他猛地掀开了被子，从一个会动的东西身上爬过去，那是罗亚尔。阿曼乐根本就忘了罗亚尔也在床上，他兴奋地大声喊："圣诞节快乐！圣诞节快乐！"

接着，他爬下了床，连睡衣都没脱就套上了裤子。罗亚尔这时也起床了，他点燃了蜡烛。阿曼乐一把抓过蜡烛，往楼下跑。罗亚尔急切地喊道："喂！别拿走蜡烛！我还没找到我的裤子呢！"

可阿曼乐已经跑下楼了。两个女孩也飞快地从屋子里跑出来，但她们的速度远没有阿曼乐快。阿曼乐拿起自己的长袜，从里面掏出的第一件礼物是一顶帽子，这是一顶从商店买来的崭新的帽子！帽子的表层和衬里都是机织的格子布做成的，有机器缝的针脚，耳罩上还钉着扣子。

阿曼乐高兴地叫了起来，他真没想到会得到这样一顶帽子。他爱不释手地看着帽子，抚摸着布料和有光泽的衬

223

里,然后把它戴在头上。帽子有点儿大,不过没关系,他还在长身体,帽子能戴很长时间!

两个女孩把手伸进长袜的时候尖叫了起来,而罗亚尔得到了一条丝绸围巾。阿曼乐把手伸进长袜继续掏,这次,他掏出了一包价值五美分的薄荷糖。他咬了一口,糖果外层像枫糖一样融化了,但里层还很硬,可以含着吃几个小时呢!

接着,他又拉出了一副妈妈自编织的新的连指手套,手腕和手背处的针法很漂亮。然后,他又掏出了一个橘子、一小包无花果干。现在应该没礼物了吧,阿曼乐心想。可是袜子的脚趾头处似乎还有什么东西,摸起来细细的、硬硬的。阿曼乐猜不出来这是什么,于是他伸手摸了起来。那居然是一把有着四面刀锋的折刀呢!

阿曼乐太高兴了,他把刀亮了出来,锋利的刀锋发出光芒。他朝哥哥姐姐们叫道:"爱丽丝、罗亚尔!快来看看我的折刀,还有我的帽子!"

这时,爸的声音从黑黑的卧室里传了出来:"现在是几点了?"

兄妹四人你看我,我看你,最后罗亚尔举起蜡烛,大家一起朝大钟看去,才三点半呢!

还要一个半钟头才到起床时间呢!可他们已经吵醒爸

农庄男孩
Farmer Boy

妈了，这下，连伊莱扎·简也不知道该怎么办了。

"几点了？"爸继续问。

大家面面相觑，伊莱扎·简吞了吞口水，吃力地正要张口说，可爱丽丝已经抢先说了："爸，妈！圣诞节快乐，现在，还差三十分就四点了！爸！"

钟声还在滴答滴答地响着，爸轻声地笑了起来。

在爸妈起床前，大家要把屋子弄得暖洋洋的。罗亚尔打开了风门，伊莱扎·简开始烧水了。大家还有整整一个小时的时间去欣赏得到的礼物。

爱丽丝收到了一个小金盒，伊莱扎·简有了一副石榴石耳环，她们两人都得到了一副妈亲手织的蕾丝衣领和一副黑色蕾丝手套。罗亚尔的礼物是一条丝绸围巾和一个上等的皮钱包。不过阿曼乐觉得自己收到的才是最好的礼物。这真是一个让人难忘的圣诞节。

妈开始忙碌起来，她也催着大家干活。家务非常多，要去掉牛奶上的浮油，过滤新挤的牛奶，再把它们放好，要吃早餐、洗蔬菜……总之，在客人来临前，整个屋子一定要整理得干干净净的，每个人都要精心打扮并穿好盛装。

很快，太阳已经升到空中了。妈到处走走看看，并不停地说："阿曼乐，洗耳朵去！罗亚尔，别站着碍手碍脚的！伊莱扎·简，别忘了削土豆皮，不用切片，不要让

小木屋的故事
Little House Books

别人碰锅！爱丽丝，你去数数银餐具，把刀叉一起摆好！漂白过的最好的桌布放在最底下的架子上！天啊！来不及了！老天爷快帮帮我们吧！"

叮当的雪橇铃铛声已经从路上传来了，妈关了烤箱门，摘下围裙别上胸针。爱丽丝跑下楼，伊莱扎·简却跑上了楼，她们相继提醒阿曼乐把领子整理好。爸叫妈帮忙系领结。然后，一片铃铛声中，韦斯利叔叔的雪橇停下了。

阿曼乐欢呼着跑出门，爸妈则从容不迫地跟在他身后。弗兰克、弗莱德、艾伯纳以及玛利亚跌跌撞撞地从雪橇上走下来，他们都包裹得非常厚。妈还没来得及接过琳迪婶婶手上的婴儿，安德鲁叔叔的雪橇就来了。院子里站满了男孩和穿着宽裙摆的女孩们。叔叔们跺掉靴子上的雪，解下了围巾进了屋。

雪橇被拉进了马车棚里，是罗亚尔和杰姆斯堂哥合力拉的。他们松开马，把马关进马厩，并擦掉了马腿上的雪。

阿曼乐戴上了他的新帽子，还向堂兄弟们炫耀他的新折刀。弗兰克的帽子已经显得旧了，他也有一把折刀，不过只有三片刀刃。阿曼乐也把星星、亮亮以及他和爸一起做的小雪橇介绍给了堂兄弟们。他教堂兄弟们用玉米棒芯挠露西白白胖胖的后背，还说如果大家能保证不会吵闹，不会吓到星光，他会带大家去看它。

农庄男孩
Farmer Boy

后来，阿曼乐真的带大家去看星光了。这匹漂亮的马驹摆动着尾巴，优雅地走向大家。可是弗兰克突然把手伸进栅栏，吓到星光了。星光猛地掉头，躲开了弗兰克的小手。

"不要摸它！"阿曼乐说。

"我打赌，你肯定不敢骑它！"弗兰克说。

"谁说我不敢？我不过是不愿吓到这么好的小马驹罢了！"阿曼乐说。

"哈哈！你撒谎，你肯定是怕小马驹踢你！你居然怕这匹小马驹！"弗兰克说。

"我才不怕呢！只是爸不准我骑！"阿曼乐说。

"如果我是你，我会做所有我想做的。而且我猜你爸也不会知道的。"弗兰克说。

阿曼乐没有应声，不过当他看到弗兰克爬上马厩的栏杆后，赶紧说："你快下来！不要吓它！"

"我想吓它就吓它！"弗兰克踢着腿说。阿曼乐紧紧抓住弗兰克的腿。星光正绕着马圈一圈又一圈地跑着。阿曼乐真想叫来罗亚尔，可是那样会吓到星光。

他只好咬着牙，用力地拉着弗兰克的腿把他拽了下来，但已经惊吓到马儿了！所有的马都跳了起来，星光连连后退，撞到了食槽。

"信不信我会把你打趴下！"弗兰克边说着边从地上

爬起来。

"拭目以待！"阿曼乐说。

这时，罗亚尔从南牲口棚赶来了！他抓着两人的肩膀，分开了他们，让他们站到门外。弗莱德、艾伯纳和约翰悄悄地在后面跟着。阿曼乐害怕得膝盖直抖，他担心罗亚尔会告诉爸。

"如果再让我看到你们在马驹周围闲逛，我会告诉爸和韦斯利叔叔，你们就等着挨鞭子吧！"

阿曼乐和弗兰克都被罗亚尔用力摇着，最后，罗亚尔把两人的脑袋撞在一起，晃得阿曼乐晕头转向。

"现在，你们知道打架是什么滋味了吧？你们不觉得丢人吗？"罗亚尔说。

"我只是不希望他去吓星光！"阿曼乐辩解道。

"闭嘴！现在要好好表现！快去洗手，要吃饭了！"罗亚尔说。

他们走进厨房洗了手。妇女和女孩们已经摆好圣诞宴了！餐桌被转了方向，附带的桌面被拉出来，整个餐桌有餐厅那么长了，桌子上摆满了各种美食。

祷告时，爸念着祷告词，阿曼乐低下了头，紧紧地闭上眼睛。圣诞节的祷告词特别长。终于，祷告结束，阿曼乐可以睁开眼睛了。他坐在座位上，一声不吭地看着桌子

农庄男孩
Farmer Boy

上的食物。

嘴里含着苹果的脆脆的烤乳猪，正躺在蓝色大浅盘上。烤肥鹅的腿往后立着，露出了填料。爸正用磨刀石磨餐刀，磨刀的声音听得阿曼乐觉得更饿了。装在大碗里的小红莓果冻，堆成小山、淌着黄油的土豆泥，成堆的胡萝卜泥，以及金黄色的烤南瓜，都让阿曼乐垂涎三尺。

他艰难地吞了吞口水，尝试着不看食物。但实在忍不住，他又看到炸苹果、炸洋葱还有糖煮胡萝卜了。接着，他又忍不住诱惑，盯着三角派、正融化着的奶油派、南瓜派看，褐色的肉馅正从这些派的缝里流出来。

他把手放在膝盖间，用力地挤着。他只能安静地坐着等着，可是肚子实在太饿了，甚至还感到一阵阵疼痛。

坐在餐桌上方的大人们已经开始分食物了。他们一边递着盘子，一边有说有笑的。爸一片一片地切下嫩猪肉和烤肥鹅的胸肉，最后大盘子里只留下了一副空骨架。透明的小红莓果冻和深色的肉汁也被调羹舀走了。

最后才轮到阿曼乐。因为除了艾伯纳和婴儿们，他是家里最小的，再说，艾伯纳还是客人。

轮到阿曼乐时，他的盘子被装得满满的。阿曼乐吃得非常开心，他一直吃，直到吃不下为止。接着，他慢慢地享受他的第二块水果蛋糕，又放了块蛋糕在口袋里后，就

小木屋的故事
Little House Books

出门玩了。

　　罗亚尔和杰姆斯准备玩"攻占堡垒",他们在选队。罗亚尔选了弗兰克,而阿曼乐被杰姆斯选走了。他们从牲口棚旁滚来雪球,雪球有阿曼乐那么高。大家把雪球并列成一排,又在雪球间塞满雪,于是坚固的堡垒就做好了。

　　每一队都要做些雪球,孩子们在雪上呼气,把雪捏得硬硬的。他们做好了几十个雪球后,就开始准备打雪仗了。他们用棍子决定谁守城堡。罗亚尔往空中扔了一根棍子,等落下时他一把接住了。杰姆斯把手握在罗亚尔的手下方,罗亚尔又在杰姆斯的手上方握住棍子,这样你一下我一下,一直握到棍子顶部。杰姆斯是最后一握,因此他那队要负责守城堡。

　　雪仗非常激烈,雪球漫天飞舞。阿曼乐一会儿弯腰躲闪,一会儿闪身躲开,他大叫着,把雪球用最快地速度扔回去,击退"敌人"。罗亚尔带着"敌人"冲到"城墙"下,阿曼乐直起腰捉住了弗兰克。他们朝下滚进积雪里,一边翻滚着,一边用力互相打着。

　　阿曼乐的脸上、嘴上都是雪,可他依旧紧紧抱住弗兰克拼命地打。弗兰克把阿曼乐摔倒了,阿曼乐又从弗兰克的身子底下钻了出来。弗兰克用脑袋撞阿曼乐的鼻子,把阿曼乐的鼻子都撞得流血了,不过阿曼乐一点也不在意。他爬到弗兰克身上,一边用力地打着,一边喊

农庄男孩
Farmer Boy

道:"快点求饶吧!"

弗兰克嘴里咕哝着,扭着身体翻滚,可刚翻滚半圈,阿曼乐就又爬到他身上了。阿曼乐没办法一直骑在弗兰克身上打他,于是只好用体重压着弗兰克,把弗兰克的脸一点一点地埋进积雪里。最后,弗兰克喘着粗气说:"饶了我吧!"

阿曼乐揉着膝盖站起来,这时,妈在门廊里喊着:"孩子们,进屋吧!别玩了,外面冷!"

其实,孩子们很暖和,他们甚至热得喘粗气了。可妈和婶婶们都认为他们是跑回屋子才变暖和的。他们浑身上下都是雪,跺了跺脚就进屋了。妈举起手喊起来:"天哪!"

为了避免孩子们身上的雪融化了之后弄湿客厅的地毯,他们待在了餐厅,而大人们都坐在客厅里。男孩们也不能坐下,因为椅子上垫着被火炉烤热的毯子。但是他们可以就着苏打水吃苹果。阿曼乐和艾伯纳一块去了食品储藏室,吃了些剩下的食物。

最后,叔叔、婶婶和堂姐们又围上了围巾,抱起正在卧室里熟睡的婴儿,将他们用长围巾抱起来。他们要离开了,雪橇叮当叮当地从牲口棚里驶了过来,爸妈帮着客人们把毛毯盖在蓬裙上。大家大声地互相道别:"再见!再见!"

铃铛声响了一会儿后,雪橇就消失了。圣诞节,就这样结束了!

拉 木 材

和往常一样,一月份学校就要开学了。阿曼乐不用去上学,他要在林场里拉木头呢!

寒冷的早晨,天还未亮,爸就给公牛套上了雪橇。星星和亮亮长得很快,已经套不上小牛轭了,可大牛轭又太重,没人帮忙阿曼乐套不上。于是,皮埃尔帮着阿曼乐把大牛轭抬到星星脖子上,路易斯在另一边帮着他把亮亮推到牛轭的另一头下面。

小公牛们已经闲了一整个夏天了,所以现在也不情愿

农庄男孩
Farmer Boy

干活。它们一边摇头,一边后退,阿曼乐很难将牛轭对准它们再插上木销。

于是,阿曼乐只好耐心、和蔼地哄它们,喂它们吃胡萝卜。其实,他真想狠狠揍小公牛们几拳头。好不容易给它们套上了小雪橇,爸早就出发去林场了。

阿曼乐跟在爸身后,他已经十岁了,能独自赶自己的小公牛、驾着小雪橇去拉木材了!他吆喝着:"驾,驾",小牛们就乖乖地走了起来。小牛们很听使唤,阿曼乐扬鞭喊"左"时,小牛就向左转;阿曼乐扬鞭喊"右"时,小牛就往右转了,它们吃力地沿着大路走,上山或下山。阿曼乐、皮埃尔和路易斯都坐在阿曼乐的小雪橇上,小雪橇由阿曼乐驾着。

整片树林里,树木的周围都已经被积雪高高地围起来了,松树和雪松底下的枝干已经淹没在雪里,不见踪影了。连路标也看不见,大雪掩埋了所有的印记,只留下鸟儿的羽毛和兔子跳过的模糊痕迹。树林很安静,只听得到一阵斧子砍树的咔嚓声。

爸的大公牛在前面开路,它深一脚浅一脚地走着,阿曼乐的小公牛吃力地跟在后面。他们往树林的深处走去,最后,来到了一片开阔的地里,法国人乔伊和拉兹·约翰已经在那儿砍树了。

他们的劳动成果都在地上,已经砍下的堆得满满的圆木被雪半埋着。它们很大,被约翰和乔伊锯成了十五英尺的长度,有些圆木光直径就足有两英尺呢!即使六个人也抬不动,可爸必须得将它们装上大雪橇运走。

他把雪橇停在一根圆木旁,乔伊和约翰走过来,帮着爸在雪橇旁架起三根粗木杆,当做滑动垫木。这些粗木杆的一头伸到了圆木下方,另一头斜斜地搭在雪橇上,接着他们取出一个一端尖尖的翻钩杆,翻钩杆下吊着个大铁钩。

约翰和乔伊站在圆木的两头,用翻钩杆的钩子钩住圆木,抬起圆木往上滚,接着爸拿着他的翻钩钩住圆木的中端,不让它滚下去。与此同时,约翰和乔伊飞快地松开了翻钩,快速地用翻钩钩住圆木的底部,圆木又向上滚了一些。大家如此反复地工作着,圆木一点点地滚上去,最后终于滚进了大雪橇。

阿曼乐也在给自己的小雪橇装木头,可他没有翻钩杆。他找来三根笔直的木棍当垫木,又找了一根短一些的木杆将小圆木撬上了小雪橇。这些小圆木的直径也有八九英寸,长十英寸,长得歪歪扭扭的,很难应付。

阿曼乐照着爸的做法,让皮埃尔和路易斯站在圆木两头,而自己站在了圆木的中段。他们一会儿推、一会儿

农庄男孩
Farmer Boy

撬、一会儿抬,累得直喘粗气,最后,终于把小圆木推上了垫木。这真不是一个简单的活儿,他们没有翻钩,压根就抓不住圆木。

终于,他们成功装上了六根圆木,可他们还得往上再装一些圆木,雪橇旁的垫木更斜更陡了。爸的大雪橇已经装满了圆木,阿曼乐得加快速度了。他挥动鞭子,催着星星和亮亮往最近的圆木走去。

这根圆木两头大小不一,滚起来很不平衡。阿曼乐让路易斯站在小的那端,并嘱咐他不要滚得太快。皮埃尔站在了大的那一端。每当圆木滚了一英寸,阿曼乐就会把杠杆插到圆木底下。就这样,他们配合着把圆木滚上了陡峭的垫木。

阿曼乐用力撑着圆木,他咬紧牙关,绷紧脖子,可圆木还是一下子滑了下来。

阿曼乐手中的杠杆飞了出去,砸在了头上,圆木滚到了他的身上。他想逃开,可速度不如圆木快,圆木将他压倒在雪地里,阿曼乐怎么使劲也爬不起来。

皮埃尔和路易斯吓得尖叫起来,爸和约翰一起把圆木抬了起来,阿曼乐这才爬出来,吃力地站了起来。

爸关心地问:"儿子,有没有受伤?"

阿曼乐觉得胃里翻滚得难受,但还是说:"没有,爸。"

爸关切地摸了摸他的肩膀和胳膊后,才松了口气,开心地说:"幸好骨头没断!"

"多亏积雪厚啊!不然他可能会受重伤呢!"约翰说。

"儿子,总会有意外发生的。下次要小心点,在林场里要学会保护自己。"爸对阿曼乐说。

阿曼乐好想躺一会儿,他的头很疼,胃里很难受,右脚也被砸得直疼。可他什么也没说,依然帮着皮埃尔和路易斯把圆木摆正,这次他们不像上回那么急躁了。很快,他们就顺利地将圆木放到了小雪橇上。这时,爸已经驾着装满圆木的大雪橇出发了。

阿曼乐决定不再继续装圆木了,他爬上雪橇挥着鞭子,大声叫道:"驾!"

星星和亮亮努力地往前拉,可雪橇仍然一动不动。星星和亮亮又依次试了一下,但雪橇依然纹丝不动。于是,两头小公牛都泄气地停下来了。

"驾、驾!"阿曼乐继续叫着,挥舞着鞭子。

星星和亮亮又依次尝试了几次,小雪橇依然一动不动。星星和亮亮安静地站着,它们累坏了,喘着粗气。阿曼乐急了,他很想大哭一场,大骂一场,可他没那么做,嘴里依然喊着:"驾!驾!"

一旁的约翰和乔伊瞧见了,停下了手中的活,乔伊走

农庄男孩
Farmer Boy

到小雪橇旁,对阿曼乐说:"阿曼乐,你装得太多了!让孩子们都下来帮忙推着雪橇吧!你得对牲畜们温和一点儿,不然它们是不会走的。"

阿曼乐听完后,就从小雪橇上爬了下来,一边说着话,一边摸了摸小公牛们的脖子,又挠挠它们的牛角,然后,他又把牛轭调整得更舒服一些。最后,他站到星星旁,挥动鞭子喊:"驾!"

星星和亮亮一块用力拉起小雪橇,小雪橇终于动了。

阿曼乐和皮埃尔、路易斯兵分两道。阿曼乐赶着牛回去,皮埃尔和路易斯沿着滑板压出的平顺的小路走回去。一路上,阿曼乐都踩着又软又深的雪吃力地走着。最后,他终于来到了屋子旁的柴火堆,爸夸赞了他。

不过爸又说:"儿子,现在路还没开出来,不能装这么重的木头。如果你没让牛儿一块使劲,一旦它们发现拉不动,就会放弃了。那样它们以后就不会听话了。"

阿曼乐的胃很难受,他吃不下饭,脚也疼得特别厉害。妈让他别干了,可他不愿意让这一点意外打倒。

他走得很慢,他还没到林场,爸已经又拉着一车木材回家了。他想让空雪橇给装木头的雪橇让路,于是他扬起鞭子大喊:"向右!"

星星和亮亮猛地转向右边,阿曼乐还没来得及叫喊,

它们就已经陷进深深的雪沟中了。它们不像大公牛一样知道怎么开路，只能呼哧呼哧地喘粗气挣扎着，反而越陷越深。它们拼命地想转过身，险些被扭曲的牛轭勒死。

阿曼乐在雪里挣扎着，努力地想抓住小牛的头。爸经过时回头看了一眼，就不再理会，继续驾着雪橇回家了。

阿曼乐摸着星星的头，温柔地抚慰它。皮埃尔和路易斯抓住了亮亮，努力使它不再继续下沉。积雪将它们覆盖住了，只剩头和背露在外面，阿曼乐骂道："真是的！"

他们只能用双手挖出小牛和小雪橇。因为他们没有铲子，花了好长的工夫，才清除了小雪橇前的积雪，然后他们又踩实滑板前的积雪。阿曼乐摆正辕杆、缰绳和牛轭。

他坐下来休息了一会儿就站了起来，摸了摸星星和亮亮以鼓励它们，又从皮埃尔那儿拿了个苹果，掰成两半喂小牛吃。当它们吃完苹果，他就继续扬着鞭子，高兴地喊道："驾！"

星星和亮亮弓背努力地往前拉，皮埃尔和路易斯使尽全身力气配合着推小雪橇。小雪橇终于移动了，牛儿们一起走出了地沟，一步一步困难地拉着小雪橇向前走。

树林间的小路已经开得差不多了。这回阿曼乐吸取了教训，没有将木材装得太满，于是他、皮埃尔和路易斯三人都一起坐到了木头上，驾着雪橇回家了。

农庄男孩
Farmer Boy

路上，他看到爸驾着大雪橇过来，自言自语地说这次必须爸给他让道了。

阿曼乐的鞭子在又干又冷的空气中发出了响亮的声音，星星和亮亮轻松地走着，小雪橇在雪白的小路上轻快地滑行。爸的大公牛和大雪橇越来越近啦。

现在，大公牛要给阿曼乐让道了。但或许是星星和亮亮还记得它们之前给大公牛让过道，又或许它们觉得对待年老的大公牛要有礼貌。它们出乎意料，冷不防地跑出了路面。

雪橇的一块滑板一下子陷进松软的雪中，小雪橇、圆木和男孩们全都翻倒下来，场面十分混乱。阿曼乐被甩到空中，一头栽进了雪堆。

他打了个滚，吃力地爬了起来。小雪橇还侧立在雪中，圆木零乱地散落在地上，倒插在雪堆里。小牛那红褐色的腿和身体都深埋在积雪中。只有爸的大公牛从容地走了过去。

皮埃尔和路易斯从雪里爬起来，说着法语叽里咕噜地咒骂着。爸停下了大雪橇，下来了。

"哈哈哈，儿子，我们又见面啦！"爸说。

阿曼乐和爸一起朝小牛看去。亮亮正躺在星星身上，它们的腿和缰绳、辕杆搅在一起，牛轭盖住了星星的耳

朵。它们安静地躺着，吓得一动也不敢动。爸解开了它们身上的束缚，帮着让它们自己站起来，幸好它们都安然无恙。

爸又帮着阿曼乐把小雪橇安到滑木上，接着用他的雪橇上的桩杆作垫木，把阿曼乐的雪橇桩杆当做撬棍，给雪橇重新装上圆木。做完这些，他就退到一边，一言不发地看着阿曼乐套上星星和亮亮，安抚它们，鼓励它们，让它们拉着雪橇从雪沟边重新安全地走回路中间。

"没错，就这样，儿子！"爸说道，"倒下要懂得再站起来！"

爸驾着雪橇继续驶向林场，阿曼乐则拉着木材回了家。

接下来整整两周，阿曼乐都一直来往于林场和家之间，他学着熟练地驾牛和拉木材。一天又一天，他的脚渐渐不疼了，走路也不再一瘸一拐的了。

他帮着爸拉回了一大堆圆木，准备锯成条状，然后捆起来放进柴火棚中。

一天晚上，爸说他们已经拉回了够用一年的木头，妈说若是阿曼乐想在冬天读书，这时候应该去上学了。

阿曼乐辩解道还有很多事要做：谷物要打，小牛要驯服，他问："我去学校做什么呢？我已经学会读书写字拼写单词了，而且我也不想当老师或者小店老板。"

"你确实能读会写会拼，"爸慢慢地说，"但你会计算吗？"

"我会，爸。"阿曼乐说道，"哦，我懂得一点儿计算。"

"我们农民得多懂些计算才行，儿子。你还是去上学吧。"

即使说再多也没用，阿曼乐心底知道，于是便不再说什么了。第二天早上，他就提着饭盒上学去了。

这年，他在教室里的座位往后退了，还拥有了一个书桌，能摆下书和写字用的石板。他用功地学习算术，因为他想早点儿学会，早点儿离开学校。

汤姆逊先生的皮夹子

那一年爸收的干草非常多,连牲畜也吃不完,因此他打算拿些到镇上卖。他去了树林,带了一根又直又光滑的白蜡木回来,他要用它做成白蜡木条。他把白蜡木的树皮砍下,一边转动圆木,一边拿着一根木制的大锥子击打。经过击打后,白蜡木夏天新长出的木质变得软极了。

接着爸拿着刀在圆木上划了一道道长口子,口子从圆木的一端划到另一端,彼此间相距一英寸半。然后爸顺着口子把圆木一条条地剥下来。这样,白蜡木条就做成啦!

农庄男孩
Farmer Boy

当阿曼乐看到大牲口棚旁堆了许多白蜡木条时，他就知道爸要开始捆干草了。于是他问："爸，需要我帮忙吗？"

爸眨了眨眼睛，说道："要，儿子，你这个年纪也该学学怎么捆草了，这些天你可以待在家里，不用去学校。"

第二天一早，以压捆干草为生的韦德先生带着压捆机来了。韦德先生的压捆机是一种很好用的新机器，它的主体是一个结实的大箱子，和干草捆一样长，一样宽，但高度却足足有十英尺。它带有一个能扣得很紧的盖子，底部是活的。因为箱底装着两根铁杠杆，铁杠杆底下是小齿轮，小齿轮可以沿着箱子两端伸出来的铁轨滑动，就像在铁路轨道上滑动一样，因此这种压捆机也被叫做铁路压捆机。阿曼乐帮忙把压捆机支在了大牲口棚里。

爸和韦德先生也在空地上支起了一台绞盘，绞盘上有个很长的把手，一条绳子从绞盘上伸出来，穿过干草压捆机下面的环，与套在杠杆尾端的滑轮上的另一条绳子连在一块。

一切都准备好后，阿曼乐将贝斯套在绞盘的把手上。爸往木箱里扔干草，韦德先生站在木箱里踩实干草。当木箱完全装不下了，他才压紧盖子。爸喊道："阿曼乐，准备好了！"

243

小木屋的故事
Little House Books

阿曼乐就拿着小枝条抽赶贝斯，大声叫着："驾！驾！贝斯，快跑！"

贝斯就开始绕着绞盘跑了起来，绞盘卷起绳子，将铁杆一端往干草压捆机拉去，另一端将木箱活动的箱底往上推。于是，木箱底部慢慢地升起来，"嘎吱"地叫着，挤压干草。直到干草被压得不能再压了，爸才叫道："吁！"阿曼乐也跟着喊道："吁！贝斯！"

等贝斯停下来，爸爬上了压捆机，用白蜡木条穿过木箱的窄缝，在压紧的干草块上打了个紧实的结，这样，干草块就系紧了。

韦德先生打开了箱盖，将用白蜡木捆好的干草提了出来。这一捆有两百五十多磅重呢！但爸轻而易举地就把它提起来了。

接着爸和韦德先生再次安装好压捆机，阿曼乐解下了卷在绞盘上的绳子。他们要开始压捆另一捆干草了。他们压捆了一整天的干草，晚上时，爸说他们压捆的干草已经够多了。

晚餐时，阿曼乐坐在桌边的时候默默地希望着不要再回到学校。他认真算着干草能卖出的价钱，连自己已经说出来了都不知道："一车能装三十捆干草，一捆干草能卖两美元，那一车干草就能卖六十美元呢！"

农庄男孩
Farmer Boy

当发觉话已经说出了口,他赶紧停了下来,心里有些害怕。因为吃饭的时候,没有得到大人的问话,孩子们是不能开口的。

"天哪!你听这孩子在说什么?"妈惊讶地说道。

"好的,孩子。我看你的学习已经出效果了。"爸拿起茶碟喝了口茶后,又放下茶碟,重新看着阿曼乐继续说:"学了就会用才是好的。你明天跟我去镇上卖干草,好吗?"

"太好了!爸!"阿曼乐开心得几乎要叫出来。

这样,第二天早上他就不用去学校了。第二天一早,阿曼乐就跟着爸,驾着四轮马车,载着干草捆出发了。阿曼乐爬到了高高的干草顶部,趴在上面,双脚悠闲地在空中踢着,爸戴着帽子在他的底下驾着马车,别提有多带劲了。

四轮马车嘎吱嘎吱地响,草堆一摇一晃,空气寒冷却清新,天空湛蓝,覆着厚厚的雪的大地闪烁着光芒。一切都十分美好。

当马车经过鳟河的桥上时,阿曼乐看见路边有一个黑色的皮夹子。他喊叫让爸停下了马车,然后他爬下马车捡起了皮夹子,那是一个鼓鼓的黑色皮夹。

阿曼乐又爬上干草堆,马儿继续飞快地前行。他翻看

着皮夹，皮夹里装满了钞票，却没有任何可以说明主人身份的东西。

他把皮夹交给了爸，爸接过皮夹，将缰绳递给了他，让他驾车。阿曼乐很喜欢驾车，虽然站在高高的马上，自己就像个小不点。他小心地驾驭着马儿，马儿平稳地跑着。爸则在翻看皮夹和皮夹里的钱。

"这里有一千五百美元。"爸推断着，"会是谁的呢？它的主人应该是个不喜欢银行的人，不然不会把这么多钱带在身边。钞票上还有皱褶，说明这些钱是一下子拿到的。这些钱的主人肯定多疑又刻薄，而且最近还卖出了贵重的东西。"

阿曼乐没有插话，爸也没想让他回答。阿曼乐像爸一样熟练地驾驶着马车，马儿跑过了一个弯道。

爸似乎想起了什么，突然叫道："是汤姆逊！去年秋天他卖了些土地，他不喜欢银行，而且多疑刻薄得都能让虱子挤出脂肪和皮毛来。这一定是汤姆逊丢的皮夹。"

爸把皮夹放进口袋，接过阿曼乐手中的缰绳，说道："我们到镇上看看能不能找到他。"

爸先驾着车去了代养马、买卖马和卖饲料的商行。他让阿曼乐和老板谈判，阿曼乐向老板介绍了干草，他说这是很好的猫尾巴草和三叶草，不仅很干净，很轻，分量也很足，压得还很紧实。

"卖多少钱？"老板问。

"每捆两美元二十五美分。"阿曼乐说。

"太贵了，这些干草值不了这么多钱。"

"那你觉得值多少钱？"阿曼乐问。

"两美元，一分也不能多了。"

"好吧，两美元就两美元吧。"阿曼乐立即应道。

老板看了看爸，又往后推了推帽子，问阿曼乐为什么一开始要喊价两美元二十五美分？

"如果我一开始出两美元，你估计只能给我一美元七十五美分。"阿曼乐回答道。

老板笑了起来，对爸说："你儿子真聪明。"

"现在还说不准呢！"爸说，"他能不能成才要等以后再看看，到时候才知道。"

老板付钱的时候，爸让阿曼乐拿着，点点看是不是六十美元。

接着他们去了凯斯先生的商店。这家商店的生意非常好，人非常多，要排很长的队伍。但爸还是选择在这买东西，因为他家的货比别家便宜。凯斯先生的名言是："宁愿快点赚到一角钱，也不愿慢慢地赚一块钱。"

阿曼乐陪着爸站在人群中，等着凯斯先生接待完先来

的客人。凯斯先生对顾客们非常友善礼貌,因为顾客是上帝。爸为人也礼貌友善,但这种礼貌并不是针对所有人。

排了一会儿队,爸把皮夹给了阿曼乐,让他去找汤姆逊先生。爸仍在商店里排队,他们还得赶时间回家做杂活呢!

大街上几乎没有孩子,孩子们都待在学校上学!阿曼乐很享受把这么多钱带在身边的感觉,他想象着,汤姆逊先生找回这么多钱会多么开心。

他找遍了商店、肉店和银行,终于在帕多克先生马车铺前的边道上看到了给汤姆逊先生拉马车的伙计。他推开了店铺又长又矮的门,走了进去。

帕多克先生和汤姆逊先生正站在圆炉旁,看着山胡桃木谈论着。阿曼乐耐心地等在旁边,他知道自己不能随便插话。

房间里很暖和,到处都发出皮革和油漆的味道。炉子上,有两个工人正在做一辆四轮马车,另一个在给一辆轻便马车的红色辐条涂油漆。这辆马车的主色是黑色,十分光亮。工人们吹着口哨干活,量尺寸、做记号、锯木头,还比划着好闻的木头。

汤姆逊先生正在为一辆马车讨价还价。阿曼乐看得出帕多克先生不喜欢汤姆逊,但又想卖出马车。他正拿着一支木工大铅笔计算价格，真诚地劝着汤姆逊先生。

"你看，这个价钱不能再低了。我还得付工人们工资呢！"帕多克先生说，"我能接受的最低价格就是这样了，我保证会做出一辆让你满意的马车，如果你不满意，可以把车留在这儿。"

"好吧，如果我在别的地方找不到更好的马车，我就再回来找你。"汤姆逊先生带着怀疑的语调说。

"随时欢迎。"帕多克先生说着，看到了阿曼乐，问最近他的猪怎么样了。阿曼乐非常喜欢胖胖的、快乐的帕多克先生，因为他总会亲切地问他关于露西小猪的事。

"它现在有一百五十磅那么重啦！"阿曼乐告诉他，接着转向汤姆逊先生，问道："您有没有丢了个皮夹？"

汤姆逊先生跳起来，拍了拍口袋，惊叫起来："我的皮夹丢了！里面有一千五百美元呢！你怎么会知道？"

"丢的是这个皮夹吗？"阿曼乐将皮夹递给了汤姆逊先生。

"是的！就是它！"汤姆逊先生边说边飞快地夺过了皮夹。他打开皮夹，开始点里边的钞票，还点了两次。

然后他长长地舒了口气，说道："哎呀，幸亏这坏孩子没偷我的钱。"

阿曼乐的脸红得像火烧的一样，他真想使劲打汤姆逊

小木屋的故事
Little House Books

先生一拳。

汤姆逊先生把他瘦得只剩皮包骨的手插进了裤袋，摸索着掏出了一个东西。

那是一枚五分硬币。"给你。"他说着，把硬币放进了阿曼乐的手中。

阿曼乐十分生气，他看也不看汤姆逊一眼。他非常讨厌汤姆逊先生，真想打他一顿。汤姆逊先生居然叫他坏孩子，这不等于把他当贼吗？阿曼乐不想拿他的臭钱，他突然知道该说什么了。

"还给你！"阿曼乐说着，将硬币还了回去，"把你的硬币拿好，我找不开！"

汤姆逊先生刻薄的脸都红了。一个工人发出揶揄的笑声。帕多克先生也很生气，他追上了汤姆逊先生，说："汤姆逊，不许你把孩子叫做贼！他不是一个乞丐，你怎么能这么待他？他还把一千五百美金拿回来还你了！你还叫他贼？给他五美分？这种事你也能做得出来？"

汤姆逊先生后退了一步，但帕多克先生还是紧追在他后面，并朝他的鼻子伸出了拳头。"你这吝啬鬼！"帕多克先生说，"下次不要再出现在我面前了！他是一个诚实的好孩子，而你，才给他一镍币！不行！你得给他一百美元！快！哦！不是，是两百美元！不然，你就尝

农庄男孩
Farmer Boy

尝我的拳头！"

汤姆逊先生害怕得缩成了一团，他看了看帕多克先生，又舔了舔手指，飞快地数出一些钞票，递给阿曼乐。阿曼乐朝帕多克先生叫了声："帕多克先生……"

"现在快滚！"帕多克没有应，反而继续朝汤姆逊先生喝道。阿曼乐呆呆地站在那儿，手里拿着钞票，汤姆逊先生摔门走了出去。

阿曼乐非常开心。但他担心爸不会同意他把钱拿走，可他又真的想留下这些钱。帕多克先生似乎看出了他的顾虑，说他会陪着去跟爸说。说着他放下了卷起的袖子，穿上大衣问道："你爸在哪儿？"

阿曼乐几乎要跑起来才能跟得上帕多克先生，他的手中紧紧抓着钞票。爸正在把包裹装上马车，帕多克先生对他说了发生的一切。

"下一次见到他，我一定要打碎他那张鄙视人的脸，"帕多克先生说，"但我突然想到对他来说，最大的惩罚就是破财！我觉得这些钱应该属于这孩子。"

"谢谢你为孩子打抱不平，帕多克。"爸很反对，"但我觉得拾金不昧是做人的本分，不应该图求回报。"

"我的意思并不是孩子把钱还给汤姆逊除了得到感谢外，还必须要得到酬谢。"帕多克先生说，"但我觉得他还

钱时居然还受汤姆逊的侮辱,实在是太过分了。所以阿曼乐有权拿到这两百块。"

"你说的也并不是没道理。"爸说,接着他决定了,"好吧,儿子,这些钱你拿着。"

阿曼乐抚平了钞票上的褶皱,看着爸和帕多克先生,这可是两百美元呢,是爸卖掉一匹四岁马儿的价钱呢。

"我很感谢你为孩子做的这些事!帕多克。"爸说。

"哈!现在我还负担得起失掉一个客人的损失,而且还有个好理由教训教训汤姆逊那家伙。"帕多克先生说着,问阿曼乐:"你想好拿这些钱做什么了吗?"

阿曼乐看了看爸,问道:"我可以把这些钱存进银行吗?"

"很好!那就是存钱的地方!儿子,我到了差不多比你大一倍的时候才有两百美元呢!"爸说。

"我也是!我还要更老一些呢!"帕多克先生说。

爸陪着阿曼乐去了银行。阿曼乐只看得到收银员坐在高脚椅上,耳朵后插了根钢笔。收银员伸长脖子,朝下看到了阿曼乐,但还是问爸:"这些钱是不是最好存在您的名下呢?先生?"

"不!"爸说,"这是孩子的钱,让他自己管吧!他再不学这些就晚了。"

农庄男孩
Farmer Boy

"好的，先生。"收银员说着让阿曼乐将自己的名字写了两遍。接着他认真地清点了钞票，将一本写着阿曼乐名字和存钱金额的存折递给了阿曼乐。

阿曼乐拿着存折跟爸走出银行，然后问："爸，我可以再把这笔钱取出来吗？"

"只要你想取就可以。但是，儿子，你必须记住这一点，只要你的钱还在银行里，每一块钱每年都会带给你四美分利息，这远比任何渠道赚钱都来得简单。每当你想花一分钱，就要停下来想想挣一美元钱是多么辛苦。"

"爸，我知道了。"阿曼乐说。他正在想，他已经拥有了不止能买一匹小马驹的钱，他终于可以拥有一匹能自己驯服的小马驹了。爸永远也不会让阿曼乐训练他的马驹的。

不过这刺激的一天还没有结束。

农庄男孩

阿曼乐和爸在银行外遇见了帕多克先生，他说他有些事情想跟爸谈谈。

"有些关于你的儿子们的事情，我已经憋了很久了。"帕多克先生说。

阿曼乐大吃一惊。

"你想过将你的儿子培养成车匠吗？"帕多克先生问。

"从没想过，我也说不上来，反正没想过。"爸慢慢地回答道。

农庄男孩
Farmer Boy

"那就从现在开始想吧！"帕多克先生说，"怀德，现在这个行业发展得非常快。我们的国家正慢慢变强，人一天比一天多，有马车人们才能来回地跑路啊！甚至连火车对我们也造不成大影响。我们的客人将会越来越多，这对聪明的年轻小伙子来说，是一个很好的开始。"

"是的。"爸回答道。

"我没有儿子，但你有两个呢！你真应该好好想想阿曼乐以后的人生啦！"帕多克先生说，"如果把他交给我做学徒，我肯定会好好地教他。如果他没辜负我的期望，那我肯定会把生意交给他。他会成为一个聘了五十多个工人的有钱人。你要好好想想。"

"是的，我的确要好好想想。谢谢你，帕多克。"爸说。

回家的路上爸一句话也没说。阿曼乐坐在爸身旁的马车座位上，也什么都没说，突然发生了这么多事，阿曼乐的脑子一团乱。

他想到了收银员被墨迹染得黑黑的手指，汤姆逊先生抿得紧紧的嘴角，帕多克先生结实的拳头，以及繁忙却暖洋洋的、让人快乐的马车铺。他想，如果他成了帕多克先生的学徒，他就不用再去上学了。

他经常羡慕帕多克先生的工人们。他们的工作非常好

玩：不仅可以用刨子的锋利刀刃卷出又长又薄的木屑，还能随手抚摸平滑的木头。这是阿曼乐非常喜欢干的事，他很喜欢拿着宽宽的油漆刷刷木头，再用小毛笔勾画出精美的直线。

工人们做的马车和爸做的雪橇一样结实，还更漂亮。轻便马车的新漆闪烁着光芒；四轮马车的每一块木料都是用上等的山胡桃木或橡木做成的，车轮呈红色，车厢是绿色，尾板上还画着小图案。工人们很为自己做的马车感到骄傲。

阿曼乐把手伸进口袋里摸到又小又硬的银行存折时，想到了一匹马驹。他很想要一匹腿细长、有着和星光一样大、善良而充满好奇的眼睛的马驹。他很想像教星星和亮亮一样教导小马驹。

一路上，父子俩谁也没说话，空气冷而静，所有的树木看去都像画在雪地的黑线。

到家后，已经到了该干杂活的时间了。阿曼乐去了牲口棚，他本想马上去干活，却仍花了点儿时间去看了星光。他用手摸了摸星光柔软得像天鹅绒的鼻子，又顺着星光的小脖子摸下去，感受星光鬃毛下强壮的身躯。星光则用柔软的嘴啃着阿曼乐的袖子。

"儿子，你在哪儿？"爸喊道。于是，阿曼乐十分愧

农庄男孩
Farmer Boy

疯地跑去挤奶了。

晚饭时,阿曼乐只顾埋头吃着饭,妈在饭桌上抱怨起这一天家人的状况,她说她生平还是第一次遇到这样的状况,为什么从爸的嘴里掏出点儿话来就这么困难?爸回答了妈的问题,然后也像阿曼乐一样,自顾自地埋头吃饭。最后妈问:"詹姆斯,你到底在想什么?"

于是,爸就把帕多克先生想收阿曼乐当学徒的事告诉了妈。

妈听后十分激动,她闭上了褐色的眼睛,脸颊变得几乎跟她的毛毡裙一样红了。她放下了手中的刀叉,说道:"我还是第一次听到这样的事。詹姆斯,你让帕多克先生最好把这种念头打消,我希望你如实告诉他你是怎么想的。阿曼乐为何非要生活在城里,听每一个叫汤姆、迪克或者哈利的人使唤呢?"

"可帕多克确实赚了许多钱。"爸说,"他每年存的钱比我多多了,他觉得这对我们的孩子来说,是个好机会。"

"好吧!"妈被激怒了,活像一只生气的母鸡。她打断了爸的话,说道:"为什么大家都相信离开了农场去镇上就能出人头地呢?如果没有我们这些农民,帕多克先生会赚到钱?"

"虽然你说的没错,但是……"爸说。

257

"没有但是！"妈说，"光看到罗亚尔，我就已经很难受了！他也许能挣到钱，但是他没办法成为像你这样的人。为了生计，他每天都得向别人低头，他没办法拥有自己的灵魂。"

有一刹那，阿曼乐觉得妈哭了。

"好啦！"爸伤心地说，"不要放在心上了，也许这是好事呢？"

"总之，我不允许阿曼乐走罗亚尔的老路！你听到没？"妈叫出声来。

"我和你的想法是一样的。"爸说，"但是这些都要儿子自己决定。他二十岁前可以依法待在农场，但是如果他想走，你硬把他留下来是没好处的。如果阿曼乐和罗亚尔的想法一样，那我们最好在他还小时，就把他送到帕多克那儿当学徒。"

阿曼乐仍在津津有味地吃着。他一边听爸妈的对话，一边享受着嘴里美味的烤猪肉和苹果酱。

接着他又吃了许多东西，喝了一大口冷牛奶，还用刀切下了金黄的南瓜派，蘸着调味料和糖吃了。南瓜派在舌尖融化，十分香甜。

"他太小了，根本不知道自己要做什么。"阿曼乐听着妈讲话的同时，又吃了一大口南瓜派。他得等到大人跟他

农庄男孩
Farmer Boy

讲话时才能开口，不过他觉得自己已经够大了，他想成为爸那样的人，他不喜欢成为帕多克先生那样的人，帕多克先生必须得给汤姆逊先生那样刻薄的人陪笑脸，不然就会失去卖出一辆马车的机会，可爸是独立而自由的，他不用不得已地取悦别人。

正想着，他突然发现爸正在和他说话，他急急忙忙地吞下了食物，差点儿噎到了。吞完口里的食物后，他应道："是的，爸。"

爸严肃地看着他，说："儿子，你也听到了帕多克想收你做学徒吧？"

"是的，爸。"

"那你是怎么想的呢？"

阿曼乐不知道该怎么表达，从来是爸让他干什么他就得干什么的。

"儿子，那你好好想想。"爸说，"我希望你能自己决定要干什么。从某些方面来说，你当学徒会轻松点儿，不用在变化无常的天气里出门干活。冬天的晚上还可以舒舒服服地躺在床上，不用担心屋外的小牲畜受冻。不管是雨天、晴天、刮风还是下雨，你都会待在屋子里，不受风吹雨打。你的银行里会有很多存款，不愁吃穿。"

"詹姆斯。"妈试图阻止爸继续说。

"这是事实,我们一定要公平些。"爸朝妈说完后,又继续对阿曼乐说道:"但是,儿子,还有另外一方面。你的生活必须要指望镇上其他的人,儿子,你的所有东西都是从别人那得到的。但农民不一样,农民依靠的是自己,依靠的是天气和土地。吃的穿的,是自己种的。取暖用的是自己砍的木柴。如果你是农民,你必须得辛苦地干活,但你可以随自己的心情干活。儿子,在农场里,你是独立而自由的。"

阿曼乐很紧张。爸妈都庄重地看着他。阿曼乐知道自己就想做个像爸那样的人,他不喜欢住在城里,去讨好那些他不喜欢的人。更何况,城里没有牛马和田野。但他不想这么说。

"没关系,儿子,你慢慢地好好想想。"爸说,"自己想干什么,就做什么决定。"

"爸!"阿曼乐喊道。

"什么事,儿子?"

"我可以说出我想要的东西吗?"

"可以的,儿子。"爸鼓励道。

"我想要一匹小马驹。"阿曼乐说,"我可以取出两百美元中的一些,买一匹属于我的马驹吗?然后我可以独自驯服它吗?"

农庄男孩
Farmer Boy

爸笑了起来,他的络腮胡因微笑慢慢地变长起来。他扯下餐巾,靠在椅背上,看看妈,又掉头看着阿曼乐说:"儿子,你的钱都存在银行里啊。"

阿曼乐听了,觉得整颗心慢慢地往下沉,但听到爸接下来的话后,他又觉得天高地阔、阳光灿烂起来。爸说:"如果你想要马驹,我可以把星光给你。"

"爸,真的给我?"阿曼乐高兴得几乎透不过气来。

"是的,儿子。你可以学着驯服它,等它长到四岁时,你还可以选择卖了它或者继续养着。明早我们就把它牵出来,你就可以开始训练了。"